# 건축의 신 12

반자개 장편 소설

초판 1쇄 찍은 날 | 2017년 3월 27일
초판 1쇄 펴낸 날 | 2017년 4월 3일

지은이 | 반자개
펴낸이 | 예경원

기획 | 위시북스
편집책임 | 박우진
편집 | 이즈플러스

펴낸곳 | 예원북스
등록번호 | 제396-2012-000132호
등록일자 | 2012. 7. 25
KFN | 제1-087호

주소 | 경기도 고양시 일산동구 호수로 646-24 위너스21 II 빌딩 206A호 (우)10401
전화 | 031-819-9431 팩스 | 031-817-9432
E-mail | yewonbooks@naver.com

ⓒ반자개, 2016

ISBN 979-11-6098-127-8 04810
      979-11-5845-549-1 (set)

반자개 장편 소설

WISHBOOKS MODERN FANTASY STORY

# 건축의 신

12

Wish Books

# CONTENTS

80장 음모(2)    7

81장 음모(3)    61

82장 각자의 하고 싶은 것    103

83장 추종자들(1)                      155

84장 추종자들(2)                      195

85장 마지막 방문자                    249

80장
음모(2)

갑돌이의 인사와 함께 가이드가 시작되었다.

"안녕하십니까! 가이드 갑돌이입니다. 이번 작품은 법주사 팔상전으로, 여러 번 보신 분들도 계시겠지만, 처음 보시는 분들을 위해 간단한 브리핑을 하겠습니다."

그 말에 누군가 장난스러운 말투로 성훈에게 제동을 걸었다.

"브리핑은 됐어. 갑돌, 팔상전을 오픈해 달라고."

"그래, 그 장엄한 모습을 보고 싶어서 왔다고."

호응하는 관객들의 말에 성훈의 눈썹이 꿈틀거렸다.

"조단 미국 대사님. 슈미트 독일 대사님. 자꾸 그러시면 안 열고 그냥 지나가는 수가 있습니다. 셧업, 플리즈."

하얀 턱수염을 기른 중후한 신사가 입을 닫았다.

"그건 갑돌이의 횡포야 횡포! 다들 아는 내용이니, 빨리 지나가자는 말이지. 안 그런가요? 슈미트 대사님. 흠흠."

실내에는 훈훈한 축제 분위기가 감돌았다.

각자가 보고 싶은 장면이 얼른 다가오기를 기다리며, 셔터 누를 준비를 하고 있었다.

'하지만 조이스틱을 들고 있는 사람은 나라고?'

즐거움의 파도가 술렁댄다고 할까?

농담을 주고받으며, 분위기는 자연스레 무르익었다.

키릭.

잠시 후, 팔상전 전면부가 갈라지며, 그 내부가 모습을 드러내기 시작했다.

"와!"

탄성이 터져 나왔다.

찰칵. 찰칵.

어린아이들이 장난감에 환호하듯, 나이 든 사람들이 건축물의 변신에 환호성을 보냈다.

'훗. 이제 자동이네. 자동!'

몇 번의 가이드를 통해, 관객들이 어떤 장면을 좋아하는자를 훤하게 꿰뚫고 있는 성훈이었다.

각자 취향에 따라 반응이 갈리는 것도 있지만, 팔상전의 오픈 부분에서는 한결같은 반응이었다.

진행을 하는 입장에서 관객들의 호응보다 더 큰 선물이 어디 있으랴!

한 달간의 고생이 보답 받는 순간이었다.

장인들이라고 남다르냐.

관객들의 환호를 보며, 박 목수가 코를 팽 풀었다.

"아이고. 무식한 코쟁이들이 좋은 건 알아가지고. 흘쩍."

"기계 부품들이야, 제 놈들이 앞설지 몰라도, 손재주는 아직 우릴 따라올 수 없죠. 암!'

"그래도 아직 멀었구먼. 제대로 눈이 박혔으면, 저게 얼마나 고차원적인 기술인지 알 텐데, 쯧쯧. 돼지 목에 진주지.'

"그래도 저렇게 좋아하지 않습니까?"

그 말에 박 목수는 목이 메었다.

'저걸 만들겠다고, 성훈이 그놈한테 당한 것을 생각하면.'

이 미친놈이 글쎄…….

팔상전 대들보를 만들고 있는데, 어처구니없는 소리를 하더란 말이지.


"박 목수님."

"왜 불러?"

"뭔가 모자란 것 같은데요?"

성훈이 특기가 뭐냐?

장인들한테 시비 거는 거거든.

제 놈은 만들 생각도 없으면서, 눈은 또 지랄 나게 높아!

그래서 이렇게 말해줬지.

"뭐가? 이 정도면 수준급이지."

"쩝. 그렇겠죠. 수준급."

하지만 나는 놈이 말꼬리에 중얼거리는 걸 분명히 들었지. 귀를 닫았어야 했는데.

"고작해야 수준급……."

그 말을 듣는데 머리가 돌아? 안 돌아?

그래서 물었지.

"뭐가 부족한데? 말해봐. 다 해줄 테니."

녀석이 툴툴거리며 말했다.

"됐어요. 수준급이라는데."

그런데 그날따라 그 수준급이라는 말이 영 거슬리더란 말이지.

수준급이면 수준급이지, 고작해야는 왜 붙어?

버럭 고함을 질렀지.

"다 해준다고. 뭐가 부족한지 말만 해. 이 망할 놈아!"

뜸 들이던 놈이 말하더군.

"수준급이긴 한데……. 세월이 안 보여요."

이런 떠그랄!

세상천지에 모형을 만드는데, 세월을 말하는 미친놈이 어디 있어?

그런데 놈이 하는 말이 또 일리가 있더란 말이지.

"500년이 다 되어 가는 건축물을……. 이렇게 근접 영상으로 보여 주는데, 새하얗게 예쁜 나무면 재미가 있을까 생각이 들어서요. 쩝. 아무래도 그건 어렵겠죠? 전 있는 그대로를 보여 주고 싶은데."

내가 누구냐! 박 목수!

세월을 다루는 데는 도가 튼 사람이라고.

하지만 저 말에는 하겠다는 말을 못 하겠더라고.

저도 양심은 있는지,

"너무 많은 걸 바랐네요. 죄송해요."

녀석이 물러가나 했지.

"그냥 대충 하죠. 뭐, 대충."

그 말에 완전히 이성이 날아가 버렸지. 젠장!

"이 썩을 놈아, 한다, 한다고! 나중에 대충 했니 뭐니 하는 쓸데없는 소리 나오면, 나한테 혼쭐이 날 줄 알아!"

그러고는 한 달 동안 허리 한 번 못 펴고 작업을 했단 말이지. 아이고, 허리야!

그런데 이 정도 반응에 만족을 하겠어?

들어도 들어도 나, 박 목수가 만족하지 못하는 건 당연한 거라고.


슈미트가 반백의 콧수염을 쓰다듬으며 말했다.

"허허허. 나는 지금 세 번째 보는데도, 탄성이 멈추지를 않는구려. 압권이란 말이지."

그 말에 조단도 고개를 연신 끄덕였다.

"허허허. 슈미트 씨, 나는 네 번째라도 마찬가지라오. 처음부터 봤었거든요."

"그러시군요. 이번에 한국에서 정말 제대로 준비를 한 모양입니다."

"그런데 슈미트 대사, 옷이 바뀌셨습니다?"

"으하하. 어떻습니까? 어울립니까?"

분명히 어제까지만 해도 연미복을 입고 나왔었는데, 오늘 슈미트는 한복을 입고 있었다. 저도 모르게 조단의 흰 눈썹이 씰룩거렸다.

"내 얼굴에는 이 색깔이 더 잘 어울린답디다. 한복점 마담께서 해준 말이오."

"흥! 잘 어울리기는 하는군."

"질투하는 게요? 애처럼? 조단 대사께서도 하시면 될 게 아니오?"

"예약 밀려 있다고, 박람회 끝날 때쯤에나 된다고 합디다. 처음부터 예약을 했어야 하는 건데. 에잉!"

슈미트가 화제를 바꿨다.

"그나저나 미국에서는 사람을 보내기로 했다면서요?"

"허. 소식이 빠르십니다. 그건 또 어떻게?"

슈미트가 눈썹을 으쓱하며 말했다.

"다 아는 수가 있지요. 괜히 정보 강국인 줄 아십니까?"

"하지만 이번에는 우리가 빠를 겁니다. 문화부 차관이 직접 지시하셨거든요."

대체 뭘 말하는 것일까?

"우리도 이번에는 다를 겁니다. 장관께서 직접 언급하셨거든요. 흐흐흐."

"흥. 사실은 대통령께서 직접 지시하셨다는……."

"우리도 수상께서 직접 지시하셨다는……."

"에잉. 그만합시다."

"그럽시다."

조단이 비릿한 웃음을 지었다.

"하지만 우리는 연줄이 있지요. 저 성훈의 지도 교수인, 한 교수가 예일 대학 출신이라서 이번에는 독일도 쉽지 않을 거요."

"우리는 소피아 양이 있소. 봤잖소! 입술이 부딪히는 모습을……. 그녀에게 잘 비벼 봐야죠."

"슈미트! 치사하게…… 미인계를 쓰는 거요?"

"뭐 성훈의 선택이 아니겠습니까? 우리는 최고의 대우를 해줄 생각입니다."

"우리도 마찬가지요. 다음 박람회 때에는 반드시 독일을 누르고야 말겠소."

두 대사가 벌써부터 김칫국을 마시고 있었다.


그러거나 말거나.

압둘이 내게 오더니 말했다.

"소피는 참 아름답군."

압둘의 솔직한 감상평이었다.

"네, 아름답죠."

"난 그녀를 처음 봤을 때, 천사가 강림한 줄 알았다네."

이해한다. 누구나 그러니까.

"하지만 난 뼈를 끊는 심정으로 포기했다네."

갑돌이 옷을 갈아입히다가, 압둘을 힐끔 올려다보았다.

'이건 또, 뭔 귀신 씻나락 까먹는 소리야?'

그의 검은 콧수염이 스르륵 물결쳤다.

그가 선언하듯 말했다.

"나 압둘은 은인의 여자를 탐할 정도로 파렴치한이 아니거든."

'이건 또 무슨 소리야? 더위 먹었어? 한겨울에?'

혹시 소피를 말하는 건가?

누가 소피를 내 여자라고 했는데?

이번 생에서는 결혼을 최대한 미루고 싶다고.

하고 싶은 게 얼마나 많은데, 벌써 족쇄를 채우려고.

'이미 살아 봐서 안다고.'

행복한 점도 분명히 있지만, 솔로라서 누릴 수 있는 행복도 무시할 수 없지.

밤늦게까지 일해도 뭐라고 하는 사람 없지.

몇 달을 외국에 다녀와도 간섭하는 사람 없지.

결혼하는 순간 그건 모두 끝이라고.

내 말은 들리지도 않는지, 압둘은 자기 말만 하고 있었다.

"그래도 나는 내 형제 카미의 목숨을 구해준, 자네와의 의리를 버릴 수가 없어."

'버려도 되는데!'

나도 몰딩 건만 아니라면, 당장에라도 정리하고 싶은데 말이야.

매대에 시선을 두던 압둘이 말했다.

"난 자네와 소피가 이어지기를 알라께 진심으로 기도드렸네. 부디, 인샬라. 오! 저기. 나의 천사가 오는군. 크흑."

나이도 지긋한 양반이……

돈으로 후려치던 맹수 같은 모습은 어디론가 사라지고, 사랑에 상처 입은 나약한 초식동물만이 남아 있었다.

소피가 물었다.

"성훈, 압둘과 무슨 이야기를 한 거예요?"

내가 무슨 할 말이 있으랴!

저 혼자 사랑에 빠졌다가, 저 혼자 실연당한 사람을 무슨 말로 위로할 수 있겠는가?

압둘이 비장한 얼굴로 말했다.

"소피아! 나는 무슨 일이 있어도 당신 편이오."

터벅터벅 걸어가는 압둘을 보며, 영문을 모르는 소피가 울상을 지었다.

그리고 나를 보며, 온몸을 부들부들 떨었다.

그녀는 콧구멍을 벌름거리며, 표정으로 말했다.

'으! 느끼해요.'

대체 둘 사이에 무슨 일이 있었던 거냐?


'둘이서 무슨 이야기를 저렇게 하는 걸까?'

소피와 성훈이 웃으며 이야기를 나누는 모습이 보였다.

그 모습을 엄마도 봤는지, 혀를 쯧쯧 찼다.

"현주야, 어제 난리가 났었다면서?"

"왜?"

"성훈 총각, 여자 친구가 찾아 왔다면서?"

현주가 입술을 깨물며 물었다.

"누가 그래? 여자 친구라고?"

그렇지 않아도 가슴이 조마조마한데, 엄마가 그녀의 가슴에 불을 지르고 있었다.

그녀의 마음은 관심도 없는지, 엄마가 성훈이 있는 쪽을 보며, 호들갑을 떨었다.

"여자 손목도 못 잡아본 것처럼 숙맥으로 봤더니, 그게 다 연기였던 거야! 난 척 보고 바람둥이인 줄 알아봤지."

현주의 얼굴이 굳어졌다.

"그냥 아는 여자일 뿐이야. 그 여자가 혼자 성훈 씨를 좋아하는 거고, 성훈 씨는 별 관심도 없어."

현주의 말을 듣기나 했는지, 엄마는 제 할 말만 하고 있었다.

"쯧쯧. 얼마나 남자가 바람기를 흘리고 다녔으면……. 독일에서 저 어린 애가 혼자서 비행기를 타고 오겠니? 안 그래?"

엄마가 걱정 가득한 눈으로 말을 이었다.

"저런 남자는 결혼해 봐야 마음고생만 해."

현주가 입술을 깨물었다.

아무 근거도 없으면서 그런 말을 하다니.

"엄마!"

"아! 깜짝이야! 왜? 내가 틀린 말……."

하지만 현주의 꾹 다문 표정에 말을 잇지 못했다.

"엄마가 왜 그런 생각을 하는지는 알겠는데, 앞으로는 내 앞에서 성훈 씨 험담하지 마. 절대로."

"왜? 내 입으로 말도 못 하……."

그녀는 말을 잇다가, 현주의 원망스러운 눈빛에 입을 닫았다.

"내가 좋아하는 남자야. 누군가의 말만 믿고, 그렇게 쉽게 판단할 남자가 아니라고."

"현주야, 그게 아니라, 엄마는 말이야……."

그렇지 않아도, 소피아 때문에 신경이 예민한데, 엄마까지 그 위에 얹고 싶지 않았다.

성훈이 표현을 하지는 않았지만, 그가 집으로 데려다주는 차에서 이야기 나눠본 바로는, 엄마에 대해 그다지 좋은 감정이 없는 것 같았다.

하긴 자신이라도 그럴 수밖에 없었겠지만.

'성훈 씨는 아무 생각도 없는데, 엄마가 먼저 나서서 그러면 나는 어떡하라고!'

미현의 말처럼, 성훈과의 관계는 자신이 만들어 가는 거였다.

주변의 누가 무슨 말을 하든, 스스로 그 남자에 대한 신뢰가 있으면 되는 거였다.

"엄마가 왜 그런 말을 하는지도 알아."

"그런데, 왜?"

그녀의 딸이 언제 자신에게 이런 단호한 말을 한 적이 있던가?

항상 순종적이고 말 잘 듣는 아이였는데 말이다.

"성훈 씨와 잘 되든 안 되든, 적어도 이것만큼은 내 의지대로 하고 싶어."

"이것아, 내가 언제 너한테 해되도록 한 적 있니?"

"어쨌든 내 앞에서 성훈 씨 험담할 거면 여기 오지 마!"

"어쩜, 엄마한테 그렇게 말할 수가 있니?"

붉으락푸르락하는 엄마를 뒤로 한 채 말했다.

"나, 성훈 씨한테 가 봐야 돼!"

단호한 현주의 태도에 엄마가 할 말을 잃었다.



"역시 스티브야. 사인받는 인파가 저렇게 많을 줄이야."

"그러게, 비공개적으로 왔는데도 저 정도이니."

김포공항에 들어온 소세키 일행이었다.

그들의 부러움 가득한 말에, 스필버그가 어깨를 으쓱하며 웃었다.

"이 친구들아, 객쩍은 소리 말고, 얼른 갑돌이나 만나러 가자고."

"뭐 그리 급해, 스티브?"

"기껏 섭외하러 왔는데, 다른 사람이 채 가기라도 해봐. 허사라고, 소세키!"

"당신 정도의 거물이 제의하는데, 싫다는 사람이 누가 있겠어? 걱정하지 말라고. 설령 다른 라이벌이 있다고 해도 당신에게 오케이 할 거니까. 그러니까 좀 더 느긋하게 가자고? 한국에 왔으면 팥죽도 좀 먹고 불고기도 먹고 해야지."

마사키도 웃으며 말을 붙였다.

"온 김에 성훈 사마도 만나 뵙고 가자고."

"크, 마사키 자네는 아주 성훈 사마를 신으로 모시듯 하는구먼."

"소세키 상, 자네도 알잖나! 그분의 넉넉한 카리스마를……."

스티브가 의아해서 물었다.

'나한테는 항상 비즈니스 이상으로 대하지 않던 인간들이…….'

성훈이라는 사람을 말할 때는 극존칭을 붙인다.

어찌 궁금하지 않으랴?

"대체 그 성훈이라는 사람은 뭐하는 사람이야?"

마사키가 얼굴을 찌푸렸다.

"성훈 사마! 그런 사람이 있어. 진짜 대단하신 분이지."

소세키가 택시를 잡았다.

"자! 얼른 가자고. 그 인간을 처리하고 나서 바로 성훈 사마를 만나 뵈러 가자. 고!"

소세키 삼인방이 박람회장 앞에 섰다.

"여기가 승부를 치를 장소인가? 마에다 녀석은 마중도 나오지 않고 말이야."

각자의 감회는 남달랐다.

"이 땅에 성훈 사마가 계시다는 말인가?"

구라야마도 들뜨기는 마찬가지.

"성훈 사마께서 계신 땅이라 생각하니 공기마저 다른 것 같구나. 빨리 만나 뵙고 싶구나!"

소세키가 주의를 환기시키며 말했다.

"성훈 사마보다 승부가 먼저라고, 정신 바짝 차려. 마에다 녀석의 궤변에 빠져서 휘둘리지 말고."

깝또리라는 녀석을 만나기 전에 마에다를 만나서 명확한 선을 긋는 것이 먼저였다.

그들의 감상에 스티브가 묘한 표정을 지었다.

'이 사람들이 대체 뭐하는 거지? 성훈교라는 종교 단체라도 생긴 거야? 어제부터 아주 성훈 사마를 입에 달고 다니네.'

아까 공항에서 뭐 하는 사람이냐고 물어도, 그냥 대단한 사람이라는 두루뭉술한 대답을 들었을 뿐이다.


입구 계단에서 너무 시간을 지체했던 것일까?

급히 뛰어가던 군복 입은 젊은이와 소세키의 어깨가 부딪혔다.

군복이 급히 고개를 숙였다.

"엇, 죄송합다."

소세키의 인상이 일그러졌다.

'아직 승부를 시작하지도 않았는데, 이렇게 기분 상하는 일이 생기다니!'

"이런! 고노……."

마사키가 그런 그를 제지하며 말했다.

"참게, 소세키. 성훈 사마의 나라라고."

그 말에 다혈질의 소세키도 흥분을 가라앉혔다.

"알았어. 내가 한국에서 추한 모습을 보일 수야 없지."

그사이, 군복의 젊은이가 어색한 일본말로 사과했다.

"쓰미마셍임다!"

마사키가 사람 좋은 미소를 지으며, 괜찮다는 손짓을 보냈다.

어색한 한국말이지만, 제법 조리 있게 말했다.

"괜찮스무니다. 조븐 곳에 있던 우리의 잘못이무니다. 몬저 올라가십니다."

군복이 고개를 꾸벅 숙이며 말했다.

"그럼 바빠서 먼저 가보겠슴다."

그가 성큼성큼 계단을 올라갔다.


'일단 알고 넘어가야겠어.'

스티브는 내내 그의 머리를 어지럽히던 것을 묻고야 말았다.

"소세키, 도대체 성훈 사마가 누구야?"

"그분은 대단하신 분이지."

스티브가 벙찐 얼굴이 되었다.

'아까도 그러더니! 밑도 끝도 없이 대단하신 분? 그건 신

에게나 하는 말이라고.'

이런 형식적인 대답에 그는 살짝 짜증이 났다.

"육하원칙에 따라서 설명해 보라고. 나도 좀 알자! 대체 뭐 하는 놈이기에, 네 녀석들이 사마라고 부르냐고?"

그 사람 좋아 보이던 마사키가 인상을 썼다.

"스티브, 아무리 당신이 대단하다고 해도, 내 앞에서 그분을 놈이라고 하는 건 용서할 수 없어."

"그래, 나 스티브야. 세계적인 명성이 있는 감독이라고. 자네들보다 나이도 많아, 명성도 높아. 그런데 나한테는 사마라고 부르지 않잖아?"

그 말에 마사키가 피식 웃으며 대꾸했다.

"당연하지. 스티브, 당신과 우리는 사업상의 동반자라고. 동업자끼리 무슨 존경이야? 그리고 당신이 뛰어난 건 인정하지만, 그분은 뛰어남과는 다른 차원의 뭔가를 갖고 계시다고!"

확신하는 마사키의 말에 스티브는 더 약이 올랐다.

그가 광대를 씰룩거리며, 입을 열었다.

"자네들, 옛날에는 한국인이라면 질색하고 싫어했잖아."

"우리가 언제?"

소세키들이 눈을 부라리며 따졌다.

"분명해. 삼사 년 전에 쥐라기 공원 할 때 말이야. 그때, 한국인 스태프를 그렇게 못살게 굴었잖아. 단지 한국인이라는 이유로 말이야."

"흥. 그야 그 친구가 실력이 없었겠지."

"흣. 아니야, 그 친구도 실력은 좋았어. 내가 직접 뽑았으니까! 자네들에 비하면 약간 뒤처졌을지 몰라도, 그렇게 무시당할 실력은 아니었어. 그때 소세키, 자네가 뭐라고 했는지 기억나나?"

맞은 자의 기억은 뼈에 새겨지고, 때린 자의 그것은 물에 흘려보낸다고 했던가?

눈동자를 이리저리 굴리며 과거를 더듬었지만, 소세키는 기억나는 것이 없었다.

"몰라! 더 열심히 정진하라고 했겠지."

스티브가 검지를 좌우로 흔들었다.

"아니, 아니, 그때 자네는 조센징은 때려야 말을 듣는다고 했어."

마사키의 얼굴이 부끄러움으로 물들었다.

"자네, 정말 그런 말을 했던 거야?"

소세키가 눈을 내리깔았다.

"내가 설마……."

옆에 있던 구라야마는 생각이 달랐다.

"그때의 소세키라면……. 그랬을 수도 있어. 한국이라면 무조건 싫어했거든."

스티브가 고개를 끄덕이며 말했다.

"난 그때 조센징이라는 말을 처음 들었고, 자네들의 편협한 민족주의에 경악을 금치 못했어."

"그럼 왜 우리랑 일을 한 거야?"

"그래도 실력은 믿을 만했으니까, 브라운관에 자네들의 사상이 드러날 리도 없잖아!"

부끄러운 과거가 들춰지자, 소세키들은 할 말을 잃었다.

"그런데 지금 이게 뭐냐고? 갑자기 개과천선하기라도 한 거야?"

스티브가 따지듯 말을 이었다.

"그렇게 싫어하던 한국인을 신 떠받들 듯하고 있으니 말이야."

'이 녀석들이 말하는 인물이 누구인지를 알아야겠어. 녀석들보다 대단한 인물임은 틀림없겠지.'


처음 알았을 때부터 이 세 명은 뛰어난 기술자였다.

3D 분야에서 스무 손가락에 꼽으라면 항상 거론되는 실력자!

'그래, 그때도 실력이 좋았지.'

그러나 지금은 상황이 달라졌다.

어떻게?

'이 셋을 빼고는 3D를 논할 수가 없다고.'

베를린 박람회에서 주가를 올리기 시작하더니, 이제는 부르고 싶어도, 쉽게 부를 수 없는 자들이 되었다.

건방져서가 아니다. 일이 밀려 있기 때문이다.

돈을 싸 들고 가서 부탁해야, 겨우 시간을 뺄 수 있을까?

'감독이라고 다 내 맘대로 되는 게 아니라고.'

수요 공급의 법칙은 어디에나 존재한다.

그리고 희소성이 높을수록, 가치는 기하급수적으로 올라간다.

'이번에 따라온 것도, 다음 작품에 같이 작업해 주겠다는 언질을 받았기 때문이라고.'

주가만 올라갔다면, 나 스티브가 이렇게 목멜 이유가 없지.

주가보다 더 올라간 것은 실력!

박람회 이전과는 다른 방식으로 3D를 구현하는데, 입이 딱 벌어지지 않을 수 없었다.

'말 그대로 차원이 달랐다고.'

디테일만 고집하던 편협함을 벗어던지고, 영화 전체를 아우르는 편집을 하는데 그 속도가…….

이 세 명이 삼 개월이면 마무리까지 깔끔하게 손 털 작업을, 다른 팀에게 맡겼더니, 일 년이 넘어서야 겨우 끝이 보였다.

'끝난 게 아니라, 그제야 끝이 보였다고.'

누가 그랬던가?

끝나기 전에는 끝난 게 아니라고.

그 실력의 격차는 베를린에서 시작되었고, 이들의 겸손한 행동 변화도 그때부터였다.

그렇다면 이들이 떠받드는 인물도 그때 만났을 것이며, 그는 허구가 아니라 실존 인물이었다.

'내가 함께 일할 수 있다면, 그보다 좋은 일이 있을까?'

소세키들의 말을 십 분의 일만 믿는다고 해도, 이 셋을 합친 것보다, 성훈 사마 한 사람이 더 뛰어나다는 말이거든!

"그래도 그분에 대해서는 말할 수 없어."

"왜?"

"그분 스스로가 자신을 감추려 하시는데, 우리가 나서서 밝힐 수는 없어. 그건 성훈 사마에 대한 예의가 아니야!"

마사키의 말에 다른 두 명의 일본인도 고개를 끄덕였다.

"누구보다 더 그분의 복귀를 바라는 것은 우리라고. 우리만이 그분의 진정한 실력을 알고 있지."

"응, 또한 그분의 마음은 바다보다도 넓지."

"스티브 당신이 아무리 대단하다고 해도, 그분과 비교할 정도는 아니야!"

"끄응."

스티브는 저도 모르게 신음이 새어 나왔다.

'아주 중증의 기억 미화거나, 아니면 대신성이 모습을 감추고 있다는 말이군.'

궁금하지만 어떡하겠나?

저렇게까지 감추고 드는 데에야!

그가 포기 선언을 했다.

"그럼 나중에 만나게 해줄 수는 있나?"

소세키가 고개를 저었다.

"아니! 자네는 분명히 그분을 귀찮게 할 거야! 성훈 사마께서 허락하신다면 기회가 생기겠지."

스티브가 속으로 가슴을 쾅쾅 쳤다.

'이거 봐. 이 친구들아! 나 스티브야, 스티브!'

하나 옹고집 같은 녀석들에게 더 말해 무엇하랴!

자존심만 구길 뿐이었다.

"쩝. 알겠네. 올라가세나."

소세키도 각오를 다졌다.

"마에다, 이놈! 이번에도 약속을 안 지키면, 내 직접 그놈 배를 따주겠어."

팀이 쉬고 있는 휴게실에 우렁찬 목소리가 울려 퍼졌다.

"충성! 일병 김한석! 드디어 복귀했습다! 크하하하!"

미운 정도 정이라더니, 나도 오랜만에 보는 한석이 반가웠다.

그의 어깨를 두드리며 말했다.

"인사도 제대로 할 줄 알고 인간 돼서 나왔구나."

"원래 인간이었지 말임다. 곰인 줄 아셨슴까?"

능글거리며 엉겨 붙는 건 여전했다.

"그래, 뭐 먹고 싶냐?"

"네! 일병 김한석! 짜장면이 먹고 싶슴다."

"홋!"

어느 군대나 마찬가지인 모양이다.

나도 첫 번째 휴가 나왔을 때, 가장 먹고 싶었던 게 짜장면이었었다.

벌써 이십 년이 훌쩍 넘었음에도, 휴가 나와서 짜장면을 찾던 그 기억은 남아 있었다.

"그래, 배가 터지게 사줄 테니, 맘껏 놀다 복귀해라."

"정말이심까?"

입이 찢어지는 녀석을 보며, 흐뭇하게 고개를 끄덕였다.

액면이야 몇 살 차이 나지 않지만, 실제로는 귀여운 조카를 보는 기분이랄까?

'좀 눈치가 없는 녀석이기는 해도, 악의가 있는 놈은 아니니까.'

간만에 만난 녀석에게 좋은 선배로 기억되고 싶었다.

가장 반가워했던 건 민수였다.

한석과 얼싸안고 포옹을 했다.

"한석아! 너 군대 체질인가 보다. 살이 포동포동 찐 거 보니까. 힘들지는 않아?"

"학교생활에 비하면, 거기는 천국임다, 천국!"

"고참들은 잘해주고?"

"성훈 선배님에 비하면, 천삼다, 천사!"

무관심을 가장하며 걸어가던 나도 사람인지라 저런 말엔…….

잠시 꿈틀했지만, 참기로 했다.

'너 같은 놈 천국으로 안 보내는 내가 천사다. 이 자식아!'

아까도 말했지만 눈치가 없어서 그렇지, 악의가 있는 놈이 아니었다.

'열흘만 참자! 술이나 진탕 먹여서 기절시켜야지.'

떠벌이 한석의 입을 막으려면, 그 수밖에 더 있으랴!

드디어 드림팀이 도착했다.

마에다가 그의 사무실에서 그들을 맞았다.

대뜸 소세키는 조건부터 내걸었다.

'또다시 이 의심병 환자에게 휘둘리는 건 질색이라고.'

"마에다, 확실하게 하지. 우리가 여기 온 것으로 내가 너에게 갚아야 할 빚은 끝난 거다."

자기 예상과는 달랐던지, 마에다가 눈을 끔뻑이며 반론했다.

"하지만 저 깝또리……."

"그놈이 사기를 쳤든 아니든 그건 우리가 밝혀낼 문제다. '네 말이 옳다, 저놈이 틀렸다.' 그걸 증명하려고 온 게 아니란 말이다."

소세키들과 스티브도 고개를 끄덕였다.

"마에다 씨, 우리는 사실 여부만 확인할 뿐입니다. 당신의 편이 되어줄 생각은 없습니다."

마에다가 의심 가득한 눈으로 삐딱하게 쳐다보며 물었다.

"당신이 대체 뭐라고, 그런 말을 하는 거요!"

허름한 옷차림에 모자를 눌러쓴 백염의 노인이었다. 알아보지 못하는 게 당연했다.

공항에서야 여권 때문에 알아볼 수밖에 없었지만, 이곳에서는 얼마든지 변장이 가능했다.

마사키가 말했다.

"스티브 감독입니다."

"네?"

마에다가 눈을 동그랗게 뜨며, 황급히 고개를 숙였다.

"미처 몰라뵈어 죄송합니다, 스티브 감독님."

"괜찮습니다, 마에다 씨."

마에다가 고개를 들고 물었다.

"그런데 왜 그런 차림으로······."

소세키가 아직 의심의 눈초리를 풀지 않는 마에다에게 일침을 가했다.

"그럼 스티브처럼 유명인이 얼굴을 드러내고 다니란 말이야? 그게 말이 돼?"

"아! 그렇겠군. 제가 생각이 짧았습니다."

아무리 유명인이라고 해도, 마음먹고 감추는 데야 확인할 방도가 있으랴! 그쪽 계통의 사람이 아닌 한은 불가능해 보였다.

스티브가 말했다.

"마에다 씨, 저는 정체를 드러내고 싶은 생각이 전혀 없습니다. 그저 그 사람의 실력을 보고 싶어서 왔을 뿐입니다."

마에다가 인상을 찌푸렸다.

"깝또리. 그는 사기꾼일 뿐입니다."

"모르지요. 영상만 봤을 때는 뛰어난 실력이었습니다. 의혹이 있다고 하니, 정말 실력자인지 확인도 할 겸 온 것이지. 마에다 씨를 편들려고 온 것은 아닙니다."

'하지만 놈은 사기꾼이 확실합니다.'

마에다는 끝까지 주장을 하고 싶었지만 말하는 사람이 누군가?

그 이름도 유명한 스티브 감독이 아닌가?

마에다가 황송한 표정으로 허리를 숙였다.

"그렇겠지요. 저는 그저 진실을 알고 싶을 뿐입니다. 부디 진실을 가려 주십시오."

소세키들이 씁쓸하게 혀를 찼다.

'쯧. 유명하다니까 허리 숙이는 꼴 하고는. 아예 엎드리지 그러냐?'

소세키는 마에다와 생각이 달랐다.

'그 실력은 진짜였어. 이런 실력자라면 충분히 친해질 가치가 있다고.'

편집이든 교묘한 짜깁기든 진짜처럼 보이게 하는 것이 곧 실력이다.

설령 심증이 있다고 해도 진짜가 아님을 증명하지 못하면 가짜라 규정할 수 없는 것처럼.

소세키가 못을 박았다.

"이후의 결과에 대해서는 이의를 달지 마라. 더불어······."

마에다도 진중한 표정으로 동의했다.

"알겠다, 두 번 다시 내가 은혜 이야기를 꺼낸다면 전에도 말했다시피 할복하겠다니까!"

"그럼, 가자!"

"갑돌이가 이번에는 팔상전에서 한다는데."

팔상전 부스로 관람객들이 몰려들었다.

그것을 본 마에다가 말했다.

"곧 놈이 가이드를 시작할 거야."

"어디서 하는 거지? 부스가 여섯 개나 있는데."

처음 오는 소세키들이 팔상전이 뭔지 알 수야 없는 노릇!

어느 부스가 되어도 진위 확인에는 상관이 없겠으나, 마에
다가 바라는 것은 자신이 그랬던 것처럼 깝또리도 공개적인
장소에서 망신을 당하는 것이었다.

그러기 위해서는 깝또리가 있는 곳에서 증명을 해야 했다.

마에다가 고개를 저었다.

"저곳이다. 팔상전! 어떤 놈인지는 금방 알 수 있을 거다.
뺀질뺀질한 놈이지. 꼴에 또 바람둥이라서, 양쪽으로 한복
입은 미녀를 끼고 있다. 한 여자는 금발의 백인, 또 하나는
한국 여자."

그의 말대로 금방 알 수 있었다.

확실히 눈에 띄는 일행이었으니까.

소세키가 눈짓을 하며 말했다.

"흠, 저기 저놈인가 보군!"

마에다가 어금니를 꽉 물며 고개를 끄덕였다.

복수의 서막이 열렸다.

누군가에게는 지옥문이겠지만!

"흐흐흐."

승리를 예감하며 마에다가 미소 지었다.

"소세키, 부탁하네."

"알았어. 조금이라도 의심스러운 점이 있다면, 즉시 폭로를 해주지."

믿음직한 그의 말에 마에다가 고개를 끄덕였다.

"스티브 감독님도 잘 좀 부탁드립니다."

"너무 기대는 마십시오. 저는 제 할 일만 할 뿐입니다."

소세키는 깝또리의 뒤통수를 보며 전의를 다졌다.

'어디 실력을 한번 보자고.'

이제 한국에 대한 불편한 감정은 없었다.

성훈이 말했었다.

'일하는 데, 잡다한 감정을 넣지 마세요.'

흰 고양이든, 검은 고양이든 무슨 상관인가.

고양이는 쥐만 잘 잡으면 된다.

'완벽하지 않으면, 큰코다치게 될 거야!'

어디까지나 그의 일 처리 기준은 성훈 사마였다.

그랬기에 어중간한 솜씨로는 그의 마음에 들지 않을 것이다.


소세키 일행이 각자 각오를 다지며, 부스로 다가갔다.

한 걸음 두 걸음!

마지막 결전을 앞둔 장수처럼 비장한 발걸음.

"스티브! 확실히 하라고! 알았어?"

"알았다니까! 소세키, 나도 흥미가 동한다고. 자네들은 3D 쪽을 확실히 봐줘!"

"엇! 저건!"

"뭐야! 스티브. 벌써 결점을 발견한 거야?"

스티브가 웃으며 고개를 저었다.

"아니! 우리가 봤던 석굴암을 먼저 확인하고 싶어서 말이야."

그 말에 마에다가 허리를 깊숙이 숙였다.

"그것도 일리가 있군요. 그럼 이따가 뵙겠습니다. 감독님, 수고하십시오."

스티브는 석굴암을 향해 발걸음을 옮겼다.

그 뒷모습을 보며, 마에다가 말했다.

"스티브 감독님은 자기 방식대로 조작을 잡아내시겠지. 우리는 우리의 목적에 충실하세. 가지!"

마에다들은 보무도 당당하게 팔상전으로 향했다.

문제의 그 남자, 깝또리라고 했던가?

관람객에게 둘러싸인 그는 모니터를 보며 로봇을 조종하고 있었다.

갑돌이의 가이드도 중반을 지나가고 있었다.

그럼에도 소세키들은 한마디 말도 없었다.

마에다가 물었다.

"어때? 소세키, 조작이라고 의심 가는 게 있어?"

소세키는 아무런 대답이 없었다.

'이 친구가 뭘 그렇게 넋 놓고 보고 있는 거야!'

팔꿈치로 그의 옆구리를 툭 쳤다.

화들짝 놀란 소세키가 고개를 돌렸다.

"응? 왜?"

"조작이라고 의심 가는 게 있냐고?"

"글쎄, 아직은 나온 게 없는데? 마사키, 구라야마, 자네들
은 어때?"

둘 다 고개를 절레절레 저었다.

"없어! 이건 인정해야 해."

소세키도 그 말에 수긍했다.

"3D는 물론이고, 모형 제작조차도 흠잡을 곳이 없어. 이
건 스티브가 봐도 만점을 줄 것 같은데?"

마에다의 얼굴이 썩은 두부처럼 찌그러졌다.

"누가 감탄이나 하라고 부른 줄 알아?"

투덜대는 말에 소세키가 받아쳤다.

"없는 걸 어쩌라고! 만들어 내기라도 하라는 말이야? 프로
의 세계가 그렇게 만만해 보여?"

그가 짜증 내며 말을 이었다.

"특히 저기 팔상전으로 들어가는 부분! 석굴암에서도 저거 때문에 조작으로 의심한 거 같은데? 맞지?"

따지듯 묻는 그에게, 마에다는 고개를 끄덕였다.

"나도 영상을 볼 때는 약간 의심할 여지가 있었어. 하지만 지금은 아니야."

"저 봐! 지금. 저 문지방 건너갈 때 생기는 흔들림. 그리고 건물 내부로 들어가면서 조명이 약해져서 생기는 명암 변화, 지금 보니 그게 자연스러운 거였어."

소세키가 확신하는 어조로 결론을 내렸다.

"저거 조작 아니야. 저런 걸 조작이라고 누가 말해? 좀 아는 사람은 절대로 그런 말 안 해!"

"그럼 내가 한국인이라서 일부러 시비 건다는 거야? 지금, 엉?"

설득이 안 되자, 소세키는 한숨을 푹 내쉬었다.

"후! 마에다, 있잖아. 나도 한국을 좋아하지는 않아! 그래도 실력은 인정해야지. 내가 양아치냐? 말도 안 되는 걸로 트집이나 잡고 있게?"

"그래도 내가 보기엔 조작이라고."

소세키가 미간을 찌푸렸다.

'그놈의 의심병이 또 도졌네. 도졌어.'

그는 짜증의 한숨을 내쉬었다.

"마에다, 이 답답한 인간아! 조작은 아무나 하는 줄 알아?

조작도 실력이야. 지금 저렇게 중구난방 관람객이 요청하는 대로 다 보여 주는데 저걸 무슨 수로 조작해? 시비를 걸려면, 제대로 알고 걸어!"

마에다는 속이 상했다.

'빚 지운 거 하나를 그냥 날리게 생겼네. 이것들이 혹시 내가 모른다고 그냥 넘어가려는 것 아니야? 귀찮아서?'

이 괘씸한 것들을 어떻게 하지?

그는 그들이 빠져나가지 못할 방법을 궁리했다.

'이것들이 빼도 박도 못하게, 저 녀석과 싸움을 붙일 방법이 없을까? 소세키도 자존심이 있으니, 일단 싸움이 붙으면 물러서지 못할 거야.'

골똘히 생각하다 불현듯 괜찮은 아이디어가 떠올랐다.

그는 자신의 기지를 칭찬하며, 스스로 쾌재를 불렀다.

'이쪽 세계의 초전문가인데, 저런 애송이에게 진다고 하면 얼마나 자존심이 상하겠어. 크크크.'

일단 불이 붙고 나면, 누구 하나 물러나기 전까지는 물어뜯을 것이다.

싸움이란 원래 그런 것 아니던가?

체면이 걸리면 애초의 원인은 뒷전으로 물러나게 되고, 자존심 때문에라도 물러설 수 없다.

'마지막 부탁인데, 철저하게 써먹어 주지.'

생각을 정리한 마에다가 소세키에게 넌지시 물었다.

"소세키, 저놈 한번 흔들어 볼까?"

난데없는 말에 소세키는 의아했다.

"그게 무슨 말이야? 흔들 게 뭐 있다고? 괜히 망신당하지 말고, 여기서 그만둬!"

'역시 망신당하는 게 무서웠던 거로군. 네놈의 얄팍한 계산을 내가 모를 줄 알아?'

마에다도 계산이 있었다.

자기는 전문가들을 앞세우고 뒤로 빠질 거니까. '망신을 당해도 너희들이 당하지, 내가 당하는 건 아니라고.'

"혹시 알아? 허점을 보일지?"

그들의 대화를 듣던 마사키가 씁쓸하게 입맛을 다셨다.

"마에다 영사, 우리 그러지는 맙시다. 근거 없이 찔러보는 건 정치에서나 하는 거라고요. 거기는 뒷감당을 걱정하지 않으니까. 하지만 전문가의 영역은 달라요."

일인자가 근거 없는 시비를 걸어봐라.

대번 반격을 당하게 된다.

"당신이 보기엔 별거 아닌 것 같아도, 이건 굉장히 수준이 높은 경지예요. 굳이 승부로 따진다면 우리도 승리를 장담하기 어려워요."

소세키도 말을 보탰다.

"거기다 이렇게 완벽히 약점을 숨길 수 있는 실력이면. 웬만해서는 흔들기 어려워."

마에다의 의심이 확신이 되었다.

'흥, 제대로 일하지도 않으면서, 나를 물 먹이려고? 신세를 졌으면 갚는 것이 인지상정. 네놈들의 명성 때문에 유야무야 넘어가려는 모양인데, 어림도 없어.'

마에다가 한 걸음 앞으로 나섰다.

"깝도리 상!"


소세키가 혀를 찼다.

"쯧쯧, 꼭 저렇게 확인을 해야 한다니까."

마사키도 한숨을 내쉬었다.

"대충 적당한 걸로 설전이나 하다가 저 사람 속이나 풀어주고 끝냅시다."

"그래, 저 갑돌이라는 친구, 실력이 좋은데 잘 구슬려서 우리 팀으로 영입하자고. 마사키, 구라야마, 어때?"

모두 그의 생각에 동의했다.

마에다의 말에 갑돌이가 돌아섰다.

소세키가 둘을 돌아보며 말했다.

"자자! 어깨 펴. 사람은 첫인상이야. 근엄한 모습을 보여주자고."

모두 옷차림을 정리하며 자세를 바로잡았다.

그도 옷차림을 바로 하고 고개를 들었을 때, 마사키가 소세키의 소매를 움켜잡았다.

"왜?"

"소세키, 오늘은 일진이 안 좋다. 일단 자리를 피하자."

영문을 모르는 소세키에게 마사키가 다급한 눈짓으로 전 방을 가리켰다.

'왜 이러지? 이 침착한 친구가……'

뒤돌아 갑돌이의 정체를 확인했을 때, 소세키도 황급히 얼 굴을 돌리며 고개를 숙였다.

그리고 다급히 손짓했다.

"일단 후퇴다! 빨리!"

셋이 허리를 숙이고 자리를 빠져나갔다.

성훈 사마와의 만남은 자신들이 직접 찾아가서 '당신 덕분 에 이렇게 성공했노라!' 하며 좋은 얼굴로 인사하는 것이어 야 했다.

'적어도 이렇게 그와 적대시하는 자리에서 만나고 싶은 건 아니라고.'

마에다는 어떡하냐고?

'그따위 인간! 알게 뭐냐? 그놈은 오늘 내 손에 죽었다.'

몇 년을 기다려 온 귀인과의 만남을 이따위로 망가뜨려 놓 다니.

"얼른 가자고!"

"깝또리 상!"

등 뒤에서 오만한 목소리가 들렸다.

'들었던 목소린데' 하며, 뒤를 돌아보았다.

일전에 불명예스러운 퇴장을 당했던 일본인이었다.

"네, 말씀하십시오. 혹여 질문이시라면 가이드가 끝난 뒤에 해주시기를 바랍니다."

질문 세례에 질려 버린 후로는, 질문은 가이드가 끝난 후에 받는 방식으로 바꿔 버렸다.

'일일이 응대했더니, 한 시간이 지나도 끝나지가 않더라고.'

마에다가 비릿하게 웃었다.

"일전에 제가 말씀드렸었지요."

무슨 말을 하려는 것일까?

'내가 저 사람이라면 이런 자리에 나오기도 싫을 텐데…….'

차분히 그의 다음 말을 기다렸다.

"제 말이 옳다는 것을 증명하겠다고."

"네, 그랬었지요. 하지만 확실한 근거를 가지고 오라는 말도 했을 텐데요?"

내 말에 마에다가 웃었다.

그것도 아주 자신만만하게.

철저하게 준비를 해온 모양이었다.

하지만 이상하잖아.

그가 시비를 걸었던 것은 석굴암에 들어갔을 때, 영상이 모형의 아니라 실제로 찍은 것 같다는 것이었다.

'거기에 대해서 무슨 대비를 한 것일까? 그리고 왜 그때와는 상관도 없는 팔상전에서 시비를 걸어오는 걸까?'

"그래서 이렇게 왔습니다."

그는 양손을 활짝 펼쳤다.

뭘 보라는 거지? 아무것도 없잖아.

지금 자료가 아니라, 말로 싸우자는 건가?

"그래서 증거는요? 증명하지 못하면, 오늘은 저도 그냥 넘어가지 않겠습니다."

그는 나를 똑바로 직시하며 코웃음을 쳤다.

"여기 3D 방면의 최고 권위자들을 데리고 왔잖습니까? 이쪽 계통 물을 드셨다면, 이 사람들을 모를 리가 없을 텐데요?"

느물거리며 말하는 그를 말없이 노려보았다.

'장난쳐?'

나도 모르게 왼쪽 눈썹이 씰룩거렸다.

"마에다 상, 혹시 투명 인간이라도 데리고 오신 겁니까?"

내 말에 그는 주위에 아무도 없다는 것을 확인하고 당황했다.

그리고 관람객들을 빠져나가는 세 명을 향해 고함을 질렀다.

"소세키! 마사키! 구라야마! 여기라고 여기!"

그래도 멈추지 않자, 그는 삼인방을 쫓아가서, 손목을 끌다시피 내 앞으로 데리고 왔다.

'소세키, 마사키, 구라야마? 낯설지 않은 이름인데?'

내 앞에 자리하고 나서야, 그때가 떠올랐다.

'아! 베를린, 마이어랑⋯⋯.'

"소세키 상, 그쪽이 아니라니까 그러네. 참!"

마에다가 숨을 헐떡거리며 말했다.

"헉헉, 이곳이 처음이라, 자리를 헷갈렸나 봅니다."

셋 다 무슨 죄를 지은 마냥, 내 시선을 외면하며 고개를 모로 돌리고 있었다.

그들의 익숙한 뒤통수를 보자 피식 웃음이 나왔다.

'훗! 옛날 생각나네.'

뭔가 거창한 걸 준비해 올 줄 알았더니, 고작 얘네들이냐?'

베를린에서 마이어 뒤통수를 치려고 했던 일본인 삼인방.

나중에 화해는 했었지만 처음에는 무지하게 때려 주고 싶었던 사람들이다.

추억 보정이라 했던가?

그때의 기억 또한 좋은 추억으로 남아 있었다.

그 셋을 보며 빙긋 웃었다.

"어디서 뵌 듯한 그리운 얼굴들이군요."

내 말에 소세키들이 공손하게 양손을 앞으로 모으며 눈인사를 했다.

어색하게 웃으면서, 안절부절못하는 모습.

마에다에게 말했다.

"이분들이십니까? 그쪽 방면의 최고 권위자라는 분들이?"

마에다는 그들을 양쪽으로 세우자, 자신감이 넘치는 모양이었다.

나를 비웃는 얼굴로 말했다.

"네, 아마 얼굴은 보신 적이 있을 겁니다. 잡지에서겠지만."

그냥 말없이 고개를 끄덕였다.

내가 저들을 어떻게 생각하는지, 저들이 나를 어떻게 생각하는지 알면 절대로 저런 말 못 할 텐데.

'적어도 내게 이빨을 들이댈 사람들은 아니거든!'

물론…….

이빨을 드러내는 순간 매장을 시켜주겠지만.


성훈이 물었다.

"그런데 이런 분들을 여기까지 데려오신 이유가 뭡니까? 저번의 복수전을 하실 생각이십니까?"

정곡을 찌르는 질문이었지만 마에다는 얼굴색 하나 변하지 않고 사실을 부인했다.

"설마요? 당신이 보기엔 제가 그렇게 속 좁은 사람으로 보입니까?"

'쳇! 아까 제 입으로 증명하겠다고 해놓고는 말 바꾸기
는…….'

마에다가 말을 둘러댔다.

"깝또리, 당신은 나를 망신 줬다고 생각하는지 몰라도, 저
는 담아두지 않았습니다."

흥! 씨알도 안 먹힐 소리를.

그래도 말투는 점잖으니 다른 관람객들은 정말 그런 줄 믿
는 모양이었다.

하지만 저 득의양양한 표정을 보라고.

"하하! 깝또리 상! 당신은 정말 자신이 대단한 사람이라고
생각하는 겁니까?"

그는 코웃음 치며 말을 이었다.

"이런 분들이 당신 하나 보자고 움직일 리가 있습니까?"

마에다의 해명이 계속 이어졌다.

"제가 실력 좋은 사람이 있다고 하니, 한번 보고 싶다고
하더군요. 그렇지 않나요, 소세키 상?"

소세키가 곤란한 표정으로 고개를 끄덕였다.

마에다에게 물었다.

"보시면 어쩌시려고요?"

"성훈……."

소세키가 뭐라고 말하려 했으나 마에다가 그의 말을 가로

챘다.

"좀 실력이 있다고 생각이 되면 스카우트라도 해서 제자를 삼으려는 것 아닐까요?"

그 말에 소세키의 인상이 일그러졌다.

거기서 확신이 들었다.

'훗. 녀석들은 내가 있는 줄도 모르고 왔군.'

소세키가 알았다면 이런 자리에 나왔을 리가 없지. 아까도 다급하게 도망치는 모양새였는데.

'적어도 아직은 소세키들은 내가 실력으로 누를 수 있거든! 적어도 아직은.'

나를 가르친다고?

하수가 고수를?

그건 어느 나라 교수법이야?

내가 알던 미래의 3D의 발전 정도에 비하면 이들의 실력은 아직 한참 멀었다.

거기다 15년의 시간을 단 2년으로 앞지른다는 것은 저들로서는 불가능해 보였다.

소세키와 시선을 마주치며 비릿하게 웃었다.

"그러셨군요. 감사합니다."

당황한 소세키가 눈을 부릅뜨며 작게 고개를 흔들었다.

기고만장한 마에다가 말했다.

"영광으로 여기세요. 당신 같은 사람은 평생 가도 만날 수 없는 귀한 분들이니까!"

"알겠습니다. 영광으로 생각하지요. 말씀이 끝나셨으면 계속 진행해도 되겠습니까?"

마에다가 말했다.

"그러세요."

돌아서는 성훈에게 그가 말을 이었다.

"깝또리 상! 너무 긴장하지 않으셔도 됩니다. 설마 잡아먹기야 하겠어요? 한 수 배운다는 생각으로 느긋하게 진행하세요."

'말 속의 뼈'라 했던가?

오늘 마에다의 말에 딱 어울리는 격언이었다.


마에다의 언중유골이 강해질수록 소세키들의 눈동자도 급격히 흔들렸다.

동료들이 소세키에게 원망의 눈빛을 날렸다.

'아까 도망쳤어야 했어!'

소세키라고 다른 심정이랴!

자신이 유일하게 인정하는 사람, 그 성훈을 제대로 된 자리에서 만나고 싶었고, 자신들의 성공을 축하받고 싶었다.

한데 이 어인 운명의 장난인가!

한편은 되지 못하더라도, 적은 되지 말아야 할 것 아닌가?

소세키의 눈에 성훈은 용이었다.

'건드리지 않으면 아무 피해도 없지. 가끔씩 비도 내려준다고. 하지만 역린을 건드리면……'

적어도 당사자는 지옥을 경험하게 된다.

소세키가 이를 으드득 갈았다.

'망할 마에다 자식! 끝나기만 해봐! 박살을 내주겠어!'

성질 같아서는 지금 당장에라도 마에다의 멱살을 끌고 나가 작살을 내주고 싶었지만 여기가 누구의 현장인가?

그로 인해, 잠시라도 관람 분위기를 망친다면 성훈은 그것에 대한 책임을 자신에게 돌릴 게 분명했다.

'이 사람만은 뒷감당이 안 된다고!'

소세키가 할 수 있는 것은 최대한 억울한 표정으로 성훈에게 어필하기, 그리고 이 일의 원흉인 마에다를 저주하는 것밖에 없었다.

성훈이 말했다.

"그럼 질문은 끝나고 받겠습니다. 그동안 생각들을 잘 정리해 두시길."

그사이, 스티브는 그 특유의 날카로운 통찰력으로 팔상전을 제외한 나머지 모형들의 관찰을 마쳤다.

그리고 이곳으로 돌아왔을 때, 여기가 다른 곳과는 뭔가가 다르다는 것을 깨달았다.

'여기는 뭐가 다르지?'

보이는 것도 분위기도 차이가 났다.

'음. 설명을 꽤 조리 있게 잘하는군.'

하지만 단지 설명을 잘한다고 납득하기에는 결정적인 뭔가가 모자랐다.

로봇의 조종에 있어서 미세한 움직임의 차이를 느낄 수 있었다.

'왜 이 친구가 보여 주는 데는 설득력이 있는 거지?'

그것은 숙련도의 차이였다.

원래 계산대로라면 가이드는 성훈 하나뿐이었다.

그랬던 것이 계획을 바꾸면서 다른 사람들이 투입될 수밖에 없었던 것이다.

하루 이틀의 연습으로 성훈의 미세한 움직임까지 따라잡을 수는 없는 법!

그 작은 숙련도의 차이는 따라갈 수 없는 격차를 만들어 냈다.

그런 속사정을 스티브가 알 리는 없었지만 결과는 확연한 차이를 드러냈다.


결과는 분명히 다르지만 그 원인을 금방 파악하는 것은 아무리 스티브라도 불가능했다.

'여기는 관람객 숫자의 단위가 다르지 않은가? 어떻게 열 배나 차이가 나는 거지?'

분명히 한 부스에서만 하는 것이 아니라 돌아가면서 진행한다고 들었다.

갑돌이의 설명을 들으며 고개를 끄덕였다.

'음! 확실히 다르군.'

모두 동일한 로봇을 조종하고 있었지만 이 갑돌이가 보여주는 부분은 다른 곳과는 달리 생동감이 있었다.

'일부러 그러는 것인가?'

이 갑돌이는 관람객들을 지배하고 있었다.

시선도, 정신도.

그저 관객들이 할 수 있는 리액션은 감탄뿐이었다.

가이드 특유의 경쾌한 해설!

관객들이 궁금해하는 것을, 아니, 궁금해해야 할 것들을 미리미리 짚어가며, 스토리를 이어가고 있었다.

'이러니, 여기에 관람객이 많이 모일 수밖에……'

6대의 갑돌이 중에서 이 팔상전의 가이드만이 온전히 관람객들의 시선을 장악하고 있었다.

'원래의 기획자라서 그 역량이 다른 것인가?'

다른 갑돌이 조종자들도 모두 이 팔상전의 갑돌이를 최고라 생각하고 있었다.

스티브의 눈이 커졌다.

"오오!"

다른 사람들은 크게 주의를 기울이지 않는 것 같지만 그만은 알 수 있었다.

"이것은……. 꿀꺽!"

다른 로봇들과 비교하면 반드시 한두 걸음을 더 나아간다.

그러기에 더 세밀한 목재, 기둥이나 대들보의 나뭇결이 보였다.

'이 한 걸음이 의도된 움직임이라면?'

그렇다면 놀라운 기획력이고, 그저 감각에 따른 거라면 천재라 불러야 하지 않을까?

한 편의 영화를 보는 것처럼, 스티브 자신이 감독을 하면서 영화를 만들어 가는 것처럼 원조 갑돌이는 모형 안의 세상을 지배하고 있었다.

그 갑돌이가 안내하는 환상의 세계로 스티브가 발을 들이밀었다.

'뭐지! 아까부터, 저 E.T 모자 노인은?'

왜 E.T 같다고 하냐고?

E.T라고 쓰여 있는 모자를 쓴 흰 수염의 노인이었으니까.

170이 될까 말까 한 체구에 편한 청바지, 카키색 야상을 입고 있었다.

대부분의 관람객이 외국인이고, 정장을 차려입은 것에 비하면 상당히 눈에 뜨이는 차림이었다.

아까부터 그는 튀어나올까 두려울 정도로 눈을 크게 뜨고, 안경을 들었다 놨다 하면서 작품을 관찰하고 있었다. 그것도 작품에 코를 박을 듯이 갖다 대고 말이다.

다른 사람들의 시선은 모두 모니터에 꽂혀 있는 것과는 상당히 대조적이었다.

그는 수시로 감탄사를 내질렀다.

"호오! 원더풀! 대단한 솜씨로군."

다시 안경을 쓰고 얼굴을 떼더니, 모니터를 바라본다.

"헉!"

그러곤 저 혼자 소름이라도 돋은 듯 팔뚝을 매만진다.

'뭐 하는 사람이지?'

다른 관람객들은 안중에도 없는 듯했다.

그러더니 나를 빤히 올려다본다.

호감과 호기심이 서린 눈이었다.

'어딘가에서 예술을 하는 사람인가 보네.'

관심을 가져주니 고마울 뿐.


그가 물었다.

"이 로봇, 당신 아이디어인가?"

로봇 마니아인가?

너무나 자연스러운 질문이라 나도 모르게 답변이 튀어 나갔다.

"네. 이상한 점이라도 있나요?"

그가 익살스러운 표정으로 말했다.

"정말 로봇스럽게 움직이는군."

당연한 말을 하는군.

"네. 로봇이니까요."

그가 말없이 고개를 끄덕였다.

"고맙네. 혹시 영화를 전공했는가?"

"아뇨. 건축학 전공입니다."

관객석에서 작은 투덜거림이 나왔다.

"모자 아저씨, 우리도 질문하고 싶은데, 참고 있습니다. 진행이 매끄럽지 못하니, 나중에 물어보시면 안 되겠습니까?"

E.T 모자가 아쉬운 표정으로 손을 들며 고개를 숙였다.

"죄송합니다. 방해하지 않겠습니다."


팔상전의 설명이 거의 끝나가고 있었다.

갑돌이가 말했다.

"이제 팔상전의 내부를 관람하시겠습니다."

"기다렸습니다. 갑돌이!"

환호와 함께, 관람객들이 외쳤다.

"카운트다운! 쓰리. 투. 원!"

피식 웃음이 나왔다.

'이제 열리는 타이밍까지 다 알고 있구먼.'

마에다의 얼굴은 일그러졌고, 소세키 삼인방과 E.T 모자는 영문을 모르겠다는 듯, 주변을 두리번거리고 있었다.

'로봇이 춤이라도 추려나?' 하는 눈빛이었다.


키릭!

빗장이 풀어지는 소리.

위잉! 철컥!

팔상전의 앞마당에 직사각의 구멍이 생겼다.

관객 중 하나가 소리쳤다.

"오옷! 어제랑 달라!"

"브라보! 난 이거 보는 재미에 매일 여길 온 거라고."

오늘이 처음인 관객들은 고개를 돌리며 물었다.

"뭐라고? 어제랑 또 다르다고? 어제는 어땠는…… 엇!"

뚜뚜뚜!

팔상전의 전면 벽이 본체에서 점점 멀어졌다.

그리고 앞에 생성된 검은 구멍으로 다가가 서서히 아래로 모습을 감췄다.

5층 꼭대기가 모습을 감추었을 때.

위잉! 철커덕!

한 벽을 삼킨 구멍이 다시 메워져 마당이 되었다.

남은 것은 팔상전의 내부와 3면의 벽.

관객들의 환호 소리가 들려왔다.

"오! 브라보. 오늘은 어제하고 또 다른데! 갑돌 씨. 이건 미처 생각을 못 했어요!"

"멋있어요! 최고예요!"

"몇 번을 봐도, 여기가 가장 소름 끼쳐!"


하지만 스티브는 다른 곳에 넋을 홀리고 말았다.

"어떻게 이럴 수가!"

목을 거북처럼 빼고 몸을 앞으로 숙였다.

모니터에 드러난 모습은 실제 건물을 찍어온 것 같았다.

석굴암에 갔다가 그냥 온 것도 그 이유 때문이었다.

자신이 봤던 것처럼 자세하게 보이지 않았다.

그냥 실망만 하고 돌아왔을 뿐이다.

그런데 여기는 달랐다.

모니터에는 전체를 지탱하는 중심 기둥이 보인다.

층마다 거미줄처럼 엇갈린 대들보도 모습을 드러냈다.

하지만 그의 눈을 사로잡는 것은 그런 구조물들의 웅장함이 아니었다.

지금까지와는 다르게 확연하게 드러나는 것.

밝은 조명이 비춰짐으로 인해 더 잘 보이는 디테일들.

"어떻게……. 건물이 나이를 먹었잖아!"

그제야 그는 왜 자신이 혼이 빠진 듯 모형을 볼 수밖에 없었는지를 깨달았다.

'너무 자연스러워서 알 수 없었던 거야!'

건물의 스케일에 맞춰서 나뭇결까지 비율을 맞췄을 줄이야!

'그래서 그때의 석굴암이 실제로 찍은 것처럼 보였던 거야! 처음부터 3D가 아니었어. 왜 그걸 미처 알지 못했을까?'

매번 영화 세트를 만들 때 보던 그런 흔한 모형이 아니었다.

모형의 제작에는 자신을 능가할 사람이 없다고 내심 자부했건만!

매스를 만들고, 색감을 입히고, 광택을 내지.

하지만 금박으로 떡칠을 해도, 여기 대들보 하나의 품질을 따라갈 수가 없어.

'하아! 이 작품에는 세월이 살아 있었어!'

SF의 거장, 스티브는 다리가 풀려 자리에 주저앉았다.

81장
음모(3)

관람객들의 감탄사가 홀에 메아리쳤다.

그중에서도 E.T 모자의 반응이 가장 극적이었다.

"어떻게 이런 생각을 할 수 있는 거지? 이게 가능해?"

주변의 시선 따위는 전혀 신경 쓰지 않는다.

스스로 묻고 자기 입으로 답한다.

"아니야. 난 한 번도 저런 생각을 해본 적이 없어."

저 정도 나이라면 고집도 있을 텐데.

'나이 든 사람치고는 굉장히 개방적이네.'

갑자기 그가 나를 돌아보며 물었다.

"갑돌이 씨!"

"네?"

하얀 수염에 하얀 피부, 눈동자만 검었다.

그는 그 간절한 눈동자로 호소했다.

"좀 더 가까이 렌즈를 대고 찍으면 어떨까?"

관심을 넘어서 간섭의 지경.

살짝 기분이 상했다.

그러나 그는 내 표정마저도 보이지 않는 모양이었다.

그가 말을 이었다.

"아니, 이것들 한 번만 만져 봐도 됩니까? 저 나뭇결, 물감으로 그린 건 아니겠지?"

말이 끝났을 때는 이미 손을 내밀고 있었다.

이것들? 저 모형과 갑돌이를 말하는 거겠지.

'이 양반이! 어디서 어림도 없는 소리를.'

저게 얼마나 심혈을 기울인 작품인지 알아?

내 혼신을 다한 작품이라고!

조종이 서툴러 고무링 하나만 제자리를 벗어나도, 움직이는 벽들은 제 역할을 하지 못할 것이다.

움직임과 초점을 동시에 조정해야 하는데, 그건 숙련자가 아니면 불가능한 작업이었다.

제 역할을 못하면 어떻게 되냐고?

말해서 무엇하리.

박람회를 망치는 것과 같았다.

게다가 내가 모니터링한 것들은 모두 시디로 만들어지고,

그것은 최종적으로 수익과 직결된다.

그보다 더 기분이 상했던 건 그의 말이었다.

'뭐! 물감으로 그려? 어디서 그런 양아치 짓을! 우리 박 목수 아저씨가 들으면, 대번 망치 날아올걸!'

인상을 팍 쓰며, 냉정하게 말했다.

"안 됩니다."

부탁을 종용하는 그의 팔자 눈썹을 보며, 단호하게 선을 그렸다.

"절대로! 네버!"

크게 실망한 듯 그는 모형 앞에 아예 쪼그리고 앉았다.

그 모습이 안쓰러웠던 모양이다.

현주가 뛰어가더니 앉은뱅이 의자를 가져와 그에게 내밀었다.

그가 시무룩한 얼굴로 감사를 표하고 그 의자에 주저앉았다.

'역시 스티브는 작품을 볼 줄 아네.'

스티브와 성훈의 입 모양만 봐도 대충의 내용이 짐작되었다.

'무언가에 꽂혔겠지. 또.'

여기는 그가 혹할 만한 것들 천지라고.

마사키가 흐뭇하게 웃는 소세키의 옆구리를 찔렀다.

"어떡할 거야?"

"응?"

"질문, 어떡할 거냐고?"

그게 문제였다.

여기서 뭔가 하나라도 꼬투리를 잡지 않으면 저 끈질긴 의심병자 놈은 인정하지 않을 것이다.

아까 이걸로 끝이라고 선을 긋지 않았냐고?

인간관계라는 것이 어디 그렇게 무 자르듯 잘라지던가?

마사키가 그를 달래듯 말했다.

"소세키, 굳이 꼬투리를 잡으려고 하면 잡을 수는 있겠지. 하지만 성훈 사마의 작품은 완벽에 가깝다고."

"설령 그렇게 꼬투리를 잡았다고 치자! 우리가 얻을 수 있는 게 뭐야?"

"알아. 나도 안다고!"

문제는 방법이 없다는 것뿐.

'마에다가 얼마나 집요한 놈인지 몰라서 그래.'

마사키가 답답한지 한숨을 쉬었다.

"소세키, 당신이 동창인 마에다에게 신세 진 건 알아. 하지만 넌 이미 그에게 그 이상의 보답을 줬어. 안 그래?"

그들이 처음 미국으로 건너갔을 때, 소세키의 동창인 마에다는 미국 영사관의 중급관료였었고 그의 신세를 졌었다.

그리고 그의 도움이 미국 진출에 도움이 되었던 것은 분명한 사실이었다.

가만히 듣고 있던 구라야마도 끼어들었다.

"그래. 어차피 네가 더 이상 그에게 도움을 받을 일은 없을 거야."

그는 고민하는 소세키의 어깨를 두드리며 말을 이었다.

"성훈 사마! 저분은 적에게는 사정을 봐주지 않는다고. 우리가 누구보다 잘 알잖아."

알지. 아주 잘 알지.

적으로 분류되면, 앞으로 이 업계에서는 두각을 드러내지 못할지도 모른다.

두고두고 자신들을 앞질러 가면서—그것도 딱 한 걸음씩만—영원히 일인자 타이틀을 못 가져가게 하겠지.

'지금이야, 자기 일에 바빠서 3D를 안 건드린다고 하지만 뚜껑 열려서 죽이겠다고 덤비면 그걸 누가 말려!'

이건 소세키들이 성훈과 헤어지고 난 후, 2년 동안 그를 연구해서 얻어낸 결론이었다.

"그래. 소세키. 우리는 최선을 다했어. 오래전의 은혜를 빌미 삼아 몇 번이나 우려먹는 마에다가 잘못이라고. 안 그래? 구라야마?"

소세키는 아무런 말이 없었다.

그의 고민은 마사키들의 생각과는 다른 곳에 있었다.

'마에다 녀석, 동창들에게 소문을 낼 텐데……. 각서라도 써 놓을 것을……. 칙쇼!'

소세키의 속도 모르면서 마사키와 구라마야가 그의 손을 따뜻하게 쥐며 응원했다.

"네가 선택해. 우린 네가 무슨 결정을 하든지, 그것을 따를 테니."

적어도 성훈의 가이드가 끝날 때까지는 그의 결정도 마무리가 되어야 할 것이다.

'어휴! 일이 이렇게 꼬이지만 않았어도.'

갈등하는 사이, 성훈의 가이드가 끝났다.

성훈이 뒤돌아보며 마에다에게 물었다.

"무슨 말씀을 하실지 들어볼까요?"

아까의 소요도 있었으니, 사람들의 시선이 마에다에게 쏠렸다.


조금 전 마에다는 분명히 들었다.

'약점을 잡으려고 하면 잡을 수 있다고. 내가 영어를 잘 못한다고, 못 알아들을 줄 알았다면 큰 오산이야.'

분명히 약점을 알고 있음에도, 그들이 망설이고 있는 것은 자신들의 명성 때문일 것이다. 혹시 잘못되면 자기들 명예가 하락할까 봐서 말이다.

'여기서 저 녀석들을 조금만 더 밀어주면 된다고.'

지금은 망설이지만, 계기만 있으면 된다.

물러나지 못할 상황을 만들어주면 누구 한 사람의 편을 들게 되어 있지 않던가!

'설마 생판 남인 깝또리 편을 들겠어?'

그리고 소세키가 은혜를 아는 놈이라면 자신의 편을 들어주리라는 확신이 있었다.

계산을 마친 마에다가 서투른 영어로 말했다.

"저 기억하실 겁니다."

사람들이 웅성거렸다.

어설픈 영어로 그가 계속 말했다.

"며칠 전에 저기 저 사람, 깝또리의 작품에 이의를 제기했다는 오해를 받았습니다. 저는 오늘 그 오해를 풀기 위해 이 자리에 왔습니다."

관중 속 누가 말했다.

그 자리에 있었던 사람인 모양이었다.

"오해? 그게 어떻게 오해인 거요? 시비였지."

비난의 의미를 이해하지 못한 채, 마에다는 자신의 말만 계속했다.

"네! 그건 오해였습니다."

사람들의 시선이 집중되자, 영어도 더 잘되는 것 같았다.

기고만장한 마에다가 말했다.

"그때의 오해를 풀고자 제가 이렇게 유명한 분들을 모시고 왔습니다."

소세키가 그를 막으며 앞으로 나섰다.

"마에다! 잠깐만 내 말 좀 들어봐. 지금 그런 말을 할 상황이 아니라고."

마에다가 일본말로 분노를 표출했다.

"내가 네놈 속셈을 모를 줄 알아? 저 깝도리 놈의 약점을 알면서도, 일부러 감추는 거겠지! 같은 업종이라고 감싸는 거냐? 그게 동문보다 더 중요한 것이냐?"

소세키가 다급히 성훈의 눈치를 살폈다.

'성훈 사마는 일본어를 우리만큼이나 잘한다고. 오해는 하지 말아야 할 텐데.'

하지만 성훈은 이미 눈을 가늘게 뜨고 있었다.

'약점? 약점을 찾았다고?'라는 의미의 눈빛.

가당찮은 말을 들었을 때 나오는 어이없는 웃음을 띠고 있었다.

젠장!

성훈이 목을 우두둑 꺾으며 앞으로 나섰다.

친절하게 영어로 통역까지 하면서 말이다.

"제 작품에는 도저히 간과할 수 없는 약점이 있음에도 그걸 저 세 분이 일부러 감추고 있다고 합니다. 제가 상처받을까 봐서요. 어떤 약점인지, 한번 들어보시죠."

'얼마나 심혈을 기울였는데! 나도 모르는 약점이 있다고?'

이미 화해는 물 건너갔다.

소세키가 다급해졌다.

'망할 자식 때문에!'

버럭 마에다에게 고함을 질렀다.

"병신 같은 놈아! 상대를 고르려면 제대로 골라! 그리고 의심병 좀 고쳐라! 망할 녀석!"

그리고 마사키에게 말했다.

"이 녀석 꽉 붙들고 있어! 구라야마는 어디 간 거야? 이런 와중에."

"몰라."

마에다를 제압하고, 소세키는 다급하게 성훈에게 다가가 고개를 숙였다.

"죄송합니다, 성훈 사마! 이런 목적은 아니었습니다."

성훈이 웃으며 물었다.

"잘못된 곳을 찾았다면서요. 한번 들어나 봅시다."

이미 전투태세!

걸어온 싸움, 피하지 않겠다는 태도였다.

소세키가 고개를 연신 숙였다.

"그럴 리가 있겠습니까? 저 마에다가 영어를 잘못 이해해서 벌어진 일입니다."

그래도 성훈은 믿지 않는 얼굴이었다.

"그래요? 정말입니까?"

그러고는 마에다를 쳐다봤다.

'거봐. 저 사람은 지가 결백하다고 말하고 있잖아!'라는 듯이.

소세키가 비장한 음성으로 말했다.

"증명할 수 있습니다."

"어떻게요?"


그는 성훈을 등 뒤로한 채, 관중들을 향해 돌아서서 정중하게 인사를 했다.

"관람객 여러분. 저희는 마에다 씨가 말한 것처럼 그의 부탁 때문에 온 것이 아닙니다."

마에다가 고래고래 고함을 질렀다.

"거짓말하지 마라!"

소세키의 인상이 구겨졌다.

'꼭 쓸데없는 부분만 잘 알아듣고 지랄이야!'

관중들의 눈길이 마에다에게 향했다.

누가 거짓말을 하고 있는 거지?

어딘가에서 나타난 구라야마의 손에는 칵테일 잔이 들려 있었다.

알콜이 찰랑이는 것이 보였다.

구라야마가 소세키에게 눈짓했다.

'한다!'

소세키가 고개를 끄덕였다.

'미안하다, 마에다. 네 욕심이 과했다. 나를 원망하지 마라.'

칵테일 잔의 알코올은 조용하게 마에다의 등을 적셨다.

그러나 흥분한 마에다는 자신의 몸에 어떤 변화가 생기는지 전혀 모르고 있었다.

구라야마가 마에다를 부축하듯 잡으며 소리쳤다.

"죄송합니다. 이 사람이 아까부터 칵테일을 마시더니 낮술에 취했나 봅니다."

마에다가 고함을 치다가 황당한 표정을 지었다.

"무슨 술? 내가 언제?"

하지만 그의 몸에서는 진한 술 냄새가 풍기고 있었다.

"구라야마! 당신 뭐 하는 거야?"

구라야마는 대답 대신 남몰래 그의 손에 술잔을 쥐여주었다.

이미 비어버린 잔을 말이다.

마에다가 얼굴이 벌게져서 고함을 질렀다.

"이건 모함입니다. 모함!"

아무리 일본어로 자신의 결백을 주장했지만 알아듣는 사람은 없었다.

소세키는 사람들에게 말했다.

"저 마에다 씨는 성훈 님의 작품에 조작된 것이 있다고 믿는 모양인데, 저희는 그런 것을 발견할 수가 없었습니다."

자신의 의도와는 정반대되는 말을 하자, 마에다는 화가 솟구쳤다.

고래고래 고함을 질렀다.

"소세키 너, 친구에게 이럴 수 있는 거야!"

그러고도 답답했던지 관중들에게 말했다.

"소세키, 미, 프렌드, 프렌드."

그 말에 소세키가 다시 한번 고개를 숙였다.

"저런 꼴을 보인 것에 대해 친구인 마에다를 대신해서 사과를 드립니다. 지금 술에 취해서 제정신이 아닌 모양입니다. 마사키. 뭐하나? 가드 안 부르고. 얼른 끌고 나가버리게!"

마사키가 가드를 부르러 간 사이, 소세키가 말했다.

"평소에 저 친구가 한국에 대해서 불만이 많았습니다. 한국이 잘되는 건 못 보는 사람이 가끔 있거든요. 그래서 저렇게 술에 취해서 난동을 부리는 것입니다."

"야! 소세키! 네놈이 나한테 이러면 안 되는 거 알지! 친구를 팔아먹다니!"

"부끄럽지만 아직도 일본에는 한국을 싫어하는 사람이 많은 모양입니다. 하지만 일부가 그런 것일 뿐, 전체가 그런 것이 아니라는 것을 알아주셨으면 합니다."

마사키와 구라야마가 가드에게 마에다를 인계하고, 소세키의 양쪽에 섰다.

마사키가 말했다.

"저희는 3D 계통의 전문가입니다. 감히 말씀드리지만 이쪽 계통에서는 세 손가락에 든다고 자부합니다."

구마야마도 그의 말에 첨언했다.

"성훈 사마의 작품을 볼 수 있게 되어, 더없는 영광으로 생각합니다. 특히나 이 팔상전은 3D를 하나도 쓰지 않고 모형으로 만들었음에도 불구하고 이 실제 촬영한 것과 흡사할 정도의 품질을 내는 것은 예나 지금이나 여전히 탁월하십니다. 성훈 님께서는."

누군가가 물었다.

"소세키 씨들의 말씀을 들어보면 성훈 씨와 예전부터 알던 사이라는 말처럼 들립니다. 제 말이 맞습니까?"

그 질문에 소세키가 성훈을 바라보았다.

말해도 되겠습니까? 라고 묻는 눈빛!

성훈이 고개를 끄덕였다.

지금은 베를린에서와는 상황이 달랐다.

'내가 가장 우려하던 기본은 그동안 충분히 기초를 다졌으니까.'


마에다는 양쪽의 가드에 의해 끌려가면서도, 악담을 멈추지 않았다.

"소세키, 네 이놈! 각국의 영사관들에게 연락해서 네놈이 뭘 하든 협조하지 못하게 할 거야!"

그리고 성훈에게도 폭언을 퍼부었다.

"깝또리, 이 사기꾼 놈아! 네놈도 어딜 가든, 일본 영사관의 눈이 따라다닐 것이다. 각오해 두는 게 좋을걸!"

그 모습을 보던 압둘이 성훈에게 다가와 넌지시 물었다.

"성훈! 뭐라고 하는 거야? 하나도 못 알아듣겠어."

성훈이 피식 웃으며 말했다.

"저보고 사기꾼이라는데요. 어딜 가든 일본 영사관이 날 추적할 테니, 각오하라고요."

압둘의 인상이 돌처럼 굳어졌다.

"저놈이 돌았나 보군. 내 친구에게."

압둘이 말했다.

"탈랄, 아까 그놈, 뭐하는 놈인지 알아봐."

그의 명령은 채 5분도 안 되어 수행되었다.

"왕자님, 대사를 데려왔습니다."

압둘은 본국의 대사에게 힐끗 눈을 주고는 말했다.

"거기 앉게나."

"네. 전하."

그는 말없이 차 한 잔을 따라주었다.

"영광입니다. 왕자 전하."

대사는 두 손으로 공손히 잔을 들어 입만 축이고는 바로 잔을 놓았다.

그리고 바로 압둘이 원하는 답을 말했다.

"마에다는 일본 대사관에서 근무하는 자입니다. 직급은 총영사이지요."

"그래?"

"네."

"간단하게 말하지."

대사는 고개를 끄덕였다.

"경청하겠습니다. 전하."

"내가 그놈 때문에 기분이 심히 불쾌하다."

"그러시온지요."

"이유를 설명해야 하나?"

대사는 지긋이 웃으며 답했다.

"그러실 필요까지 있겠습니까? 저희는 왕가를 대신해 파견된 손발입니다. 분부만 내려주십시오."

"짜증은 나는데 말이야. 명색이 왕자라 함부로 움직이기도 어려워. 곤란해. 곤란해."

고개를 숙이고 있던 대사가 슬며시 고개를 들었다.

"일본 대사를 오라고 할까요?"

압둘이 손을 휘휘 저었다.

"내가 기분 나쁘다고 남의 나라 사람을 불러서야 되겠어? 걔들도 기분 나쁘지."

"손발에 감정이 어디 있습니까? 오라면 와야지요."

"쩝. 귀찮은 일은 싫은데 말이지."

이미 왕자의 마음은 정해졌다.

부르는 방식은 대사관에서 하기 나름.

대사가 말했다.

"왕자님, 일본 외무성에 공문 한 장만 띄워도 되겠습니까?"

"뭐하려고."

"간이나 한 번 보시지요. 우리 뜻대로 움직이는지, 그렇지 않은지요."

"뭐라고 띄울 건데."

"기름값 인상 가능성이 있다. 일본에만……."

"홋! 똥줄 좀 타보라 그건가? 인상 사유는?"

대사가 피식 웃었다.

"멀어서 힘들다. 우리 기름으로 너희들이 돈 많이 벌어서 배 아프다. 등등. 명분은 붙이기 나름 아니겠습니까?"

"얼마나 인상할 건데?"

대사는 잠시 생각에 잠겼다.

"하루에 0.1%를 인상하는 것이 어떻겠습니까?"

"헉! 0.1%나? 그래도 될까?"

"자기들이 답답하면 연락을 주겠지요."

"크크크. 알겠네. 외무장관에게 바로 연락하지."

왕족이 지배하는 사회, 왕위 계승권이 있는 압둘에게 있어서, 장관에게 부탁하는 것은 일 축에도 끼지 못하는 것이었다.

힘이 세건 그렇지 않건 그건 문제가 아니다.

우물은 목마른 놈이 파는 법이니까.

"전하. 남의 나라 손발을 오라 가라 하는 것은 국제적으로 문제가 될 수도 있지요."

대사가 차를 마시며 말을 이었다.

"제 발로 찾아오는 거야. 어찌 말리겠습니까만."

압둘이 만족스러운 표정으로 말했다.

"내가 국제 관계에 대해 뭘 알겠나? 자네 같은 베테랑이 있으니, 믿고 맡길 뿐이지."

이제 방법은 정해졌다.

실행 가능성 100%!

답답한 것은 일본이지, 자신들이 아니었다.

대사가 물었다.

"혹여 부스에서 원조 갑돌이를 조정하던 성훈 님에 관련된 일이온지요?"

"응? 그걸 자네가 어찌 알아?"

"한눈에 알아볼 수 있었습니다. 전하께서 애지중지하시던 시계를 차고 있지 않았습니까?"

압둘이 미묘한 표정으로 물었다.

"그래?"

"네. 알고는 있었지만, 저희가 어찌 전하의 친구분께 먼저 아는 체를 하겠습니까? 그저 지켜보고만 있었지요."

그 말에 압둘이 콧수염을 쓱 쓰다듬었다.

"그래. 잘했어. 자네들이 아는 척하면 녀석이 눈치를 챘을지도 몰라."

그리고 생각난 듯 말을 이었다.

"참! 그때는 수고들 많았네."

공항에서의 관세 문제를 말하는 것이리라.

"지시하신 대로는 하였으나, 전하의 성의가 드러나지 않는 것 같아 속이 상했습니다."

수억을 호가하는 시계를 몇백으로 둔갑시키라니, 그런 지시를 하는 사람도 있었던가?

몇백짜리 물건을 몇억으로 과장하는 거면 몰라도 말이다.

"됐어. 몇 푼 안 되는 거 가지고 생색내는 것도 그렇고, 비싸다고 집에 모시고 있다가 잃어버리는 것보다 훨씬 낫지. 덕분에 알아볼 수 있었다며?"

대사가 압둘의 말에 고개를 숙였다.

"그러하셨군요. 현명하신 선택이셨습니다. 다른 사람에게는 보물일 테니까요. 하지만 알게 되면 어찌하실는지요?"

압둘이 쓴웃음을 지었다.

"몰라. 끝까지 모르기를 빌어야지. 알게 되더라도, 모른다고 사기 쳐! 저놈 성깔에 알게 되면, 빚을 갚던지 돌려보내겠지만……. 아니지. 돌려보내겠지. 빚지는 건 또 무지하게 싫어하는 녀석이니."

오지도 않을 미래를 걱정하는 것이 싫은지, 손을 휘휘 저으며 말했다.

"대사, 오래는 못 기다린다네. 한 시간 내로 내 앞으로 데려오게."

대사가 자리에서 일어났다.

"분부대로 하겠습니다. 그럼."

종로경찰서에 일본 대사관의 항의 전화가 왔다.

분노한 일본 대사의 음성이 서장실에 쩌렁쩌렁 울렸다.

—아무리 공공장소에서 추태를 부렸기로서니, 외국인을, 그것도 대사관저의 직원을 그런 식으로 연행할 수 있는 것이오?

반백의 서장이 허리를 굽실거렸다.

'왜 나한테 전화를 하고 지랄이야! 억울하면 공문 넣으라고!'

이렇게 반박하고 싶었지만, 차라리 이렇게 전화를 받는 것이 나았다.

절차가 복잡해지면, 자신의 상관들이 모두 알게 될 것이다.

'그리되면 어떤 놈이 되던, 한 놈은 책임지고 옷을 벗어야 하지.'

안타깝게도, 그 어떤 놈은 서장 자신이 될 가능성이 가장 컸다.

더 위에 있는 상관이 될 수도 있지 않느냐고?

그 위에, 그 위에가 다 잘려나가도 확실한 것 한 가지!

'나는 무조건 잘려나간다는 거지!'

상관의 경질과는 전혀 상관이 없이 말이다.

그런 관계로 거만한 태도의 대사였지만, 오히려 그가 고마웠다.

"대사님. 그런 것이 아니오라, 다른 대사관……."

대사의 호통이 이어졌다.

─더 말하기 싫소! 대사관의 사람을 보낼 터이니, 당장 풀어주시오.

"그래도 다른 대사관의 눈도 있는데, 저희도 면피는 해야……."

그러나 대사는 일말의 여지도 남기지 않았다.

─지금 바로 해결되지 않으면, 그냥 넘어가지 않겠소. 반드시 한국 정부에 항의할 것이오.

"대사……."

뚜뚜뚜.

콰직. 뿌직!

애꿎은 전화기만 반쪽이 나며, 바닥에 나뒹굴었다.

"개 쌍노무 새끼! 사람이 말을 하는데, 끝까지 듣지를 않아!"

남은 전화기의 수화기를 들었다.

－네. 형사…….

"아까 잡아 온 쪽발이 새끼 풀어줘!"

－네? 서장님. 하지만…….

"한 따까리 할까?"

－아닙니다. 시정하겠습니다.

"이따가 쪽발이들 온다고 했으니까, 넘겨줘. 그리고 다른 대사관에서 어떻게 됐냐고 물으면 알지?"

－네! 알고 있습니다.

"끊어!"

지금 어딘가에서는 또 한 대의 전화기가 부서지고 있을 것이다.

하지만 서장은 그걸 고려할 정신이 아니었다.

"아 씨! 정신 사납게. 지들끼리 치고받을 것이지, 왜 애꿎은 민중의 지팡이를 괴롭혀! 쌍노무 새끼들. 우리가 봉이야? 엉?"

냉수를 마시며 의자에 앉았다.

그리고 귀를 세차게 후볐다.

"아 또! 귀는 왜 이리 간지러워! 아 진짜!"

"칙쇼. 왜 가만히 있는 나를 건드리는 거야. 우리 일본이 우습게 보여!"

씩씩거리며 의자 팔걸이에 팔을 걸쳤다.

일본의 국제적 지위를 생각한다면, 감히 한국의 경찰 따위가 끌고 갈 수 없는 사람이었다.

한국 정부에 항의 서한을 넣을 수 있었음에도 간결하게 처리를 한 것은 마에다의 언행을 들어 알고 있었기 때문이었다.

"마에다. 그 경박한 놈은……. 쯧쯧."

그래도 어이하랴!

팔은 안으로 굽는다고, 혼낸다고 해도, 자신이 혼내는 게 나았다.

"다시는 그런 짓을 못 하게 따끔하게 주의를 줘야겠군."

인터폰의 빨간 불이 깜박였다.

"뭔가?"

─대사 각하. 본국의 외무대신께서 긴급 연락이 보내오셨습니다.

대사가 자리에서 벌떡 일어났다.

'오늘 왜 이리 일이 많이 터지는 거야?'

"따로 보고 드려야 할 게 있었나?"

─없습니다.

"그래? 그럼 얼른 연결하게."

띠띠.

"주한국 대사, 기무라입니다."

-무슨 일인가?

"네? 무슨 말씀이십니까?"

뜬금없는 대신의 말에 기무라는 되물을 수밖에 없었다.

'방금 전에 있었던 해프닝 때문인가?'

그럴 리가 없었다.

해외에 파견 나간 말단 직원 때문에 대신이 직접 전화를 할 리가 없는 것이다.

-정말 모르는 건가? 본국에서는 난리가 났건만!

'도대체 무슨 일이야! 전쟁이라도 난 거야?'

"도무지 무슨 말씀이신지……."

-도대체 자네가 거기서 하는 일이 뭐야?

대신은 버럭 역정을 냈다.

허나 내용을 모르는 기무라로서는 꿀 먹은 벙어리가 될 수밖에 없었다.

그때 다급하게 문이 열리며, 비서 문서 한 장을 가지고 들어왔다.

발신이 쿠웨이트로 찍힌 외교공문이었다.


〈쿠웨이트 원유 인상에 관한 건〉


상당히 간추려진 내용의 문서였다.

"쿠웨이트 대사에게 전달해야 할 내용이 아닙니까?"

―그 발신자인 압둘 왕자가 지금 한국에 머물고 있다. 이게 어떻게 된 일이겠나?

"끙. 알겠습니다. 대신."

―지금 우리는 아무것도 모른 채, 폭탄을 맞았다. 이 문서 이대로 진행된다면, 우리 경제는 일 년도 채 안 되어 휘청거릴 것이다.

기무라는 사태의 심각성을 금방 인식했다.

하루에 0.1%, 우스운가?

이게 일 년 누적되면, 145%에 육박하는 인상이 이루어진다.

압둘의 기분이 풀릴 때까지 계속되겠지.

"이해했습니다."

―수단과 방법을 가리지 말게. 어떤 수를 써도 허락하겠다. 어떻게든 압둘 왕자의 마음을 돌리라는 말이야. 알겠나?

"넷! 알겠습니다."

대신이 진중하게 말을 맺었다.

―행운을 비네. 기무라 군!

기무라가 크게 숨을 들이켜고 자리에서 일어섰다.

결전의 시간이었다.

"그럼 그렇지. 제깟 놈들이 감히! 스즈키. 대사님께서는 여기 뭐하러 오신 거냐?"

"제가 높은 분들이 하는 일을 어찌 알겠습니까? 저는 그저 마에다 상을 모시고 오라는 명을 받았을 뿐입니다."

"그래? 일단 들어가자고."

대사의 연락으로 한 시간도 채 되지 않아, 경찰서에서 풀려난 마에다는 의기양양했다.

강국의 국민인 일본인을 한국의 경찰 따위가 감히 어쩌지 못한다는 사실을 재차 확인했기 때문이다.

"스즈키!"

"네. 마에다 상."

"난 이럴 때, 내가 일본인이라는 게 자랑스러워!"

"저도 그렇습니다. 자. 얼른 들어가시죠. 기다리시겠습니다."

마에다가 박람회장으로 들어섰다.


소세키들이 이야기 나누는 모습이 보였다.

"스즈키, 내, 저 친구들에게 할 말이 좀 있군."

"네. 들렀다 가시죠. 이제 시간은 충분할 테니까요."

마에다가 힘찬 걸음으로 그들에게 다가갔다.

"어이! 소세키!"

칼날 같은 목소리에 소세키들이 흠칫 놀랐다.

"어. 어. 마에다……."

소세키는 말꼬리를 흐렸다.

그런 소세키의 어깨를 툭툭 치며 말했다.

"이 친구들아. 내가 말했지! 날 얕보지 말라고. 사람은 말이야. 오래 살고 싶으면 줄을 잘 서야 하는 거야!"

마에다가 이빨을 갈며 말을 이었다.

"으드득! 그리고 너, 구라야마. 네놈이 감히 내게 술을 부었겠다. 대일본의 공무원에게 그딴 파렴치한 짓을 하다니."

이 무슨 감정의 변화인가?

얼굴에 만연한 웃음을 띠었다.

"하지만 나는 관대하거든."

그가 다시 준엄하게 소세키들을 꾸짖었다.

"너희들! 다시 한번 기회를 주지. 아까의 행동을 정중하게 사과해라."

그가 준엄하게 소세키들을 꾸짖었다.

"네놈들이 그 하찮은 깝또리 놈에게 그렇게 길 이유가 어디 있냐? 우리 일본 국민이 뭐가 아쉬워서, 그 한국 놈에게 사정을 구걸하는 것이냐?"

하지만 구라야마는 고개를 빳빳하게 들었다.

"너는 그분이 어떤 사람인지 모른다. 네놈과 척을 지는 한이 있어도 그렇게는 못 하겠다."

"흥. 그래? 어떻게 되는지 지켜보라고. 그놈이 우리 대사님이 계신대도 내게 그런 눈을 할 수 있는지 보겠다."

마사키가 걱정하며 말했다.

"소세키, 우리가 너무 일을 크게 키운 것 아냐?"

"그래도 나는 그게 올바른 선택이었다고 생각해. 나라, 인종? 그깟 게 뭐가 중요해? 나는 내가 옳다고 생각하는 행동을 했어. 마에다 놈의 말을 듣고 꼬투리를 잡았어 봐. 잠시는 편했을지 몰라도, 우리가 업계에서 쌓아온 명성과 인맥은 모두 망가졌어. 인간 이하의 취급을 받았을 테지. 그리고 성훈 사마의……. 으! 난 하루를 더 살아도, 그렇게 살고 싶지는 않아!"

의리남 구라야마가 기합을 넣으며 말했다.

"마에다를 따라가자. 대사가 아무리 자기 휘하의 직원이라고 해도 우리 말을 무시하지는 않을 거야. 우리도 엄연히 일본의 국민이라고."

"그래. 우리라도 성훈 사마의 힘이 되어 드려야지. 그게 인간의 도리야."


"깝또리 상, 오랜만이야."

테이블에 앉아 쉬고 있는데, 마에다가 허락도 없이, 내 앞 자리에 떡하니 앉더니 말을 걸었다.

예의 그 건방진 모습으로.

"몇 시간 안 된 것 같으니, 오랜만이라고 하기에는 어폐가 있군요."

"아니, 아니. 내게는 아주 긴 시간이었어. 하지만 이렇게 빨리 돌아올 거라는 생각은 못 했지? 그럴 거야. 일본에서 네놈이 나 같은 상황이었다면, 한 달이 지나도 못 나왔을 테니까."

자신감 넘치는 말에 대꾸할 필요를 느끼지 못했다.

"설마 네놈과 소세키 녀석이 아는 사이일 줄이야. 미리 그렇게 말을 맞췄을 거라고는 꿈에도 생각을 못 했지 뭐야! 하지만 걱정 마. 다른 전문가를 불러서라도, 네놈의 가면을 벗겨줄 테니까. 크크크."

'허참. 포기를 모르는 집요한 놈일세.'

제 입으로 방금 세계 최고의 전문가라고 해놓고는 더 나은 전문가가 또 있나 보지?

어쨌거나, 이런 놈은 죽어봐야 정신을 차린다.

압둘이 마에다에게 말했다.

"비켜라! 내 자리다."

친구를 협박하는 놈에게 좋은 말이 나올 리가 있을까?

마에다가 위를 올려다보니, 두건을 쓴 콧수염이 말을 함부로 내뱉고 있었다.

일본 대사관의 직원인 자신에게 말이다.

"이거 참. 일본이 그렇게 만만한 나라였나? 이런 깜둥이까지 덤비고 말이야."

압둘이 어이없는 실소를 흘렸다.

"허허허. 나 참! 이건 대체 뭐하는 놈이야?"

기고만장한 마에다가 그냥 넘어갈 리가 있나!

도끼눈을 뜨고 대꾸했다.

"허허허. 그러는 너는 뭐하는 놈이냐?"

압둘이 말했다.

"이거 보쇼. 이 사람은 정말 천지 분간을 못하는군."

마에다가 눈을 부릅떴다.

"지금 나한테 하는 말이야? 내가 누군 줄 알아?"

"흐흐흐. 네놈에게 하는 말 아니니, 흥분하지 마라."

"으으. 감히……."

압둘의 말에 대한 대답은 마에다의 등 뒤에서 들려왔다.

"마에다 상. 왕자님의 말씀이 틀린 게 아니니, 흥분하지 마시오."

깜짝 놀란 마에다가 뒤로 돌았다.

그리고 간사한 웃음을 지었다.

"아이고. 대사님. 이곳에 계시다는 말을 듣고 감사 인사를 드리러 찾아 왔습니다."

바로 뒤돌아서서 압둘에게도 깊숙이 허리를 숙였다.

"아이고! 왕자님! 제가 미처 몰라뵈었습니다. 무례를 용서해 주십시오."

하지만 압둘은 당신과는 할 말이 없다는 듯, 빈자리를 꿰차고 앉으며, 일본 대사에게 코웃음을 쳤다.

"뭐가 어쩌고 어째? 경질?"

그의 눈짓이 신호였을까?

대사가 무겁게 입을 열었다.

"마에다 상. 외교관이 국익에 반하는 행동을 하면 어떻게 되는지 아시오?"

"누가 감히 그런 행동을 한다는 말입니까? 그런 놈은 대번에……."

"그렇지요. 알면 되었소. 마에다 상. 그럼……."

"대사님, 왜 그렇게 내외를 하십니까? 평소처럼 마에다 군이라 불러주십시오."

"이제는 그렇게 부를 사이가 아니라서 말이오."

"그게 무슨 말씀이신지."

"우리 관저의 분도 아닌데, 어찌 우리 국민에게 '군'이라는 말을 붙인다는 말입니까?"

그는 분위기가 이상하게 돌아간다는 것을 그제야 눈치챘다.

평소에는 마에다 군이라 부르며 자신을 살갑게 대했는데,

지금은 차갑게 선을 긋고 있었다.

내가 어찌 평범한 국민이라는 말인가?

엄연히 일본을 대표해 한국에 파견된 총영사였다.

"그 말씀은 제가 영사직에서…….."

"직위 해제 되었소. 관저에서 대기하시오. 자위대에서 당신의 신병을 인수하러 올 거요."

"자위대라니요? 제가 무슨 간첩 행위라도 했다는 말입니까?"

"그건 자위대에서 알아내겠지요."

"대사님, 뭔가 오해가 있는 것 같습니다. 대사……."

"마에다 상! 행여나 도주할 생각일랑 접으시는 게 좋을 겁니다. 이미 각국의 대사관에 연락이 취해졌을 테니 말이오. 괜한 불이익을 당하지 않도록 행동에 주의하시오."

대사가 말을 이었다.

"스즈키 영사 대리! 뭐하나? 얼른 모셔가지 않고서?"

"영사 대리라니요?"

영문을 모르는 마에다에게 스즈키가 친절히 설명했다.

"이번에 특진해 주시기로 하셨잖습니까! 나머지는 가시면서 말씀하시지요. 얼른 부축해 드리게."

스즈키를 따라온 두 명의 건장한 덩치들이 마에다의 양팔을 움켜잡았다.

"가시죠. 마에다 상!"

겁먹은 마에다가 뭔가를 말하려 했지만, 스즈키의 우악스러운 손에 의해 가로막혔다.

"마에다 상! 얼마나 더 나라 망신을 시키려고 그러십니까? 관저의 사람들이 얼굴을 들고 다닐 수가 없습니다. 자! 연행하게."

입안에 뭔가를 채웠는지, 마에다의 얼굴이 일그러졌다.

"자해를 방지하기 위한 특별 조치입니다. 알고 계실 테니, 따로 말씀드리지 않겠습니다."

"흐흐키! 고오야오!"

스즈키가 그의 어깨를 두드리며, 비릿하게 웃었다.

"굳이 공무집행 방해까지 죄를 얻고 싶으시다면, 마다하지는 않겠습니다. 마. 에. 다. 상!"


풀 죽은 마에다가 끌려나가고 장내가 평온을 되찾았다.

대사가 말했다.

"왕자 전하. 이 정도로 용서해 주시면 안 되겠습니까?"

압둘이 근엄한 목소리로 말했다.

"대사를 믿고 싶소만, 내가 워낙 성격이 꼼꼼해서 말이오. 내가 천생 장사꾼이라서 말이오."

"이를 말씀입니까? 마에다의 법률상의 과정은 물론, 결과까지 상세히 기입하여 공문으로 전달하겠습니다."

"그렇게까지 하겠다면야……. 아까는 내가 흥분해서 했던 말이니, 없던 일로 하시구려."

대사가 정중하게 허리를 숙였다.

"이렇게라도 선처를 베풀어주시니, 저로서는 감사할 따름
입니다."

그가 내게도 고개를 숙였다.

"김성훈 님이십니까?"

일어나 같이 인사를 했다.

"그렇습니다. 대사님."

"일본에 오실 일이 생기시면 언제든지 연락 주십시오. 최
선을 다해 모시겠습니다."

일본 대사에 어울리지 않는 공손한 말이었다.

'이런 게 오일머니에서 나오는 힘이겠지.'

이렇게 짐작할 뿐이다.

사실, 압둘이 무슨 짓을 했는지는 관심도 없다.

'힘 있는 사람이니, 갑질 좀 했겠지!'

그에게는 무척이나 익숙한 일일 것이다.

그리고 그의 힘이란 석유에서 나오는 거니까, 아마 석유
가격으로 장난을 쳤을 것이다.

약간만 올라도, 일본의 산업은 휘청. 주식은 땅바닥으로
곤두박질치겠지.

우리나라가 늘 그런 것처럼 말이다.

하지만 고맙다는 말은 하지 않을 것이다.

'자기가 기분 상해서 한 짓이거든.'

결론적으로 내게는 귀찮은 일이 사라진 거지만, 내가 먼저 고맙다고 얘기하는 순간, 신세 지는 기분이 들 것 같았다.

'그런 기분은 사양이라고.'

친구란 동등한 관계.

압둘이 정말로 나를 친구라 생각한다면, 이런 걸로 생색낼 리도 없고 말이야.

압둘이 말했다.

"저런 놈은 꼴 보기 싫어서 말이야. 날 모욕하는 거나 마찬가지거든. 그건 더 나아가 우리 가문에 대한 모욕이야! 쿠웨이트였다면 당장⋯⋯."

총살감이었을지도 모른다.

그에게 빙긋 웃으며 말했다.

"역시 당신과는 통하네요. 나도 저 인간이 꼴 보기 싫었거든요."

압둘이 콧수염을 씰룩거렸다.

"쳇. 깐깐한 녀석!"

'쳇. 쫀쫀한 인간. 왕자씩이나 되어가지고.'

꼭 그 말을 들어야겠냐?

"결과적이긴 하지만 저도 귀찮은 일을 덜게 되었네요. 땡큐!"

이 일로 빌미 삼아 거래를 건다면, 이 시계부터 박살을 내

줄 거야.

　시계를 들며 말했다.

　"벌써 시간이 이렇게 되었네요."

　내 뜻을 알아챈 것인가?

　압둘이 툴툴거리며 웃었다.

　"크크큭. 얄미운 친구!"

　"뭐가요?"

　"난 자네의 능력을 알아."

　"뭐요? 그깟 몰딩 만든 거요?"

　내 말에 압둘은 말없이 싱긋 웃었다.

　"카미 집 지어준 것치고는 절 너무 거창하게 보시는 데요?"

　"설마 고작 그런 것으로 내가 자네를 그렇게 평가할까?"

　"그럼요?"

　"자네는 생각보다 아주 유명해. 유럽에 가서 벌인 일들을 생각해 봐."

　"베를린 박람회요? 그건 아주 작은 일인 걸요."

　압둘이 창밖을 보며 웃었다.

　"그래. 그건 아주 작은 일이지. 하지만 때로는 보이는 것보다 보이지 않는 게 더 많거든, 빙산처럼 말이야."

　"빙산이 아닐 수도 있죠."

　그는 씁쓸하게 입맛을 다셨다.

　"그 작은 일 때문에, 유럽 건축의 큰 줄기가 방향을 바꾸어 버렸거든."

"네?"

"흥! 내가 EU건축협회 회장으로 밀고 있던 프랑수와 녀석이 부회장 선거에 탈락했단 말이야! 왜 그랬는지 아나?"

내가 그걸 어떻게 알아!

나는 그쪽으로는 전혀 모른다고.

"원래는 프랑수와가 부회장을 한 번 더 연임하고, 회장이 되었어야 했는데, 어느 순간에 부회장이 마이어라는 독일 촌놈이 되어 있더라는 말이지. 그게 말이 돼?"

'마이어? 그 부회장이 된 것?'

"흥! 뭔가 떠오르는 게 있는 모양이지?"

어깨를 으쓱하며 시치미를 뗐다.

'일부러 당신을 저격한 건 아니라고요. 마이어가 그렇게 잘될지도 몰랐고.'

마이어를 부각시킨 건 분명히 나였지만, 부회장이 된 것은 엄연히 그의 역량이었다.

"뭐! 나 같은 동양인이 유럽 건축계에 무슨 영향력을 미치겠어요? 뭔가 착오가 있었겠죠."

압둘이 콧수염을 쓰다듬었다.

"성훈. 돈 가지고 안 되는 건 세상에 얼마 없어. 그게 MI6건, CIA건 말이야. 한국 국정원에서만 자네의 가치를 몰라."

압둘이 읊은 건 유명한 세계의 정보조직이었다.

'젠장! 다 알고 있다는 말이네.'

"지나온 행적은 자네의 역량을 말해 주지. 고작 2년 동안 아무런 자금 지원 없이, 그 어떤 배경도 없이, 오로지 혼자 힘으로 그런 일을 할 수 있는 사람은 이 세상에 흔치 않아."

"하지만 운……."

압둘이 크게 코웃음 쳤다.

"운! 그딴 소리라면 집어치우게. 세상의 운이란 운은 다 가지고 태어난, 나 압둘이나 알리마저도 자네처럼 하지는 못해!"

하긴 타고난 운빨이라면, 부모 잘 만나 금수저 물고 태어난 아랍의 왕자 틀을 어찌 당하랴!

"성훈, 자네는 스스로 평범하다고 생각하는 모양이지만, 스스로를 뛰어남을 자각하는 사람들에게 특별하게 취급받고 있지. 어느 한 분야의 천재들이나 아니면 나 같은 돈을 주체 못 하는 부자들에게 말이야. 그런 걸 자네는 평범하다고 말할 수 있나? 그렇다고 한다면, 자네는 자네의 가치를 너무 모르는 거야."

따라준 차를 마시며 그가 말을 이었다.

"스스로의 가치는 스스로 증명하지 않으면 안 돼. 성훈 자네는 너무 착해. 약자에 대해서는 관대하지. 하지만 이제는 그러면 안 돼! 그러니까 저런 조무래기가 덤비고 기어오르는 거야."

"곤란한 상황이 생기면 언제나 내 이름을 대! 그러고도 해결이 안 된다면, 그건 나에 대한 도전이겠지!"

'당신의 이름을 빌리면, 세상이 편해지겠죠. 하지만 세상에 공짜가 어디 있어.'

공짜를 정말 공짜라고 생각한다면, 그건 너무 순진한 거지.

그리고 고난 없이 무슨 행복을 누리겠다고.

성질대로 다 하자면 세계 정복을 꿈꿨어야 맞는 거지.

돈질로 했으면, 나 따라갈 사람 얼마 안 될 텐데.

샤롯데와 태림.

그 두 개의 주식만으로 수백 배를 벌었다.

'지금이면 오천억 정도 되어 있지 않을까?'

그게 과연 내게 의미가 있을까?

그 숫자들이 정말 나를 행복하게 해 줄까?

달콤한 아이스크림을 일 년 내내 먹을 수 있고, 꿀 같은 혀로 나를 즐겁게 해줄 사람을 몇이나 고용할 수 있겠지만, 과연 그게 나를 가치 있게 만들어줄까?

당분은 이빨을 썩게 만들 뿐이다.

노력이 없는 돈은 정신을 썩게 만들고 미래를 망가뜨린다.

돈만으로 살아가는 무위도식하는 삶.

과연 압둘이라고 행복할까?

압둘에게 다음 생에 다시 왕자로 태어나고 싶냐고 묻는다면, 그는 뭐라고 대답할까?

나라면 그런 삶을 거부하겠다.

처음부터 만렙으로 태어났는데, 무슨 재미로 세상을 살까?

압둘이 말했다.

"내가 자네에게 준 시계는 이 압둘의 친구로서의 증표라네."

"네. 고맙게 생각해요. 한 번도 틀리지 않더라고요. 좋은 시계 고마워요."

시계가 시간만 잘 맞으면 장땡이지, 뭐 그리 깊은 의미를 줄 필요까지 있겠는가?

그러나 압둘은 그렇게 생각하지 않는 모양이었다.

그가 작은 소리로 투덜거렸다.

"나는 아무에게나 시계를 주지 않는다고. 이 친구야!"

그의 어깨에 손을 올리고 토닥거렸다.

"그러게. 누가 뭐랬어요. 압둘 당신도 내 소중한 친구예요. 나중에 곤란한 상황이 생기면, 내 이름을 대라고요."

까다롭기는, 누가 왕자 아니랄까 봐.

이럼 쌤쌤이지, 안 그래?

근엄한 압둘의 콧수염이 씰룩거렸다.

"쳇! 알았어!"

그에게 물었다.

"고맙죠?"

그가 뜨악하며 놀란 표정을 지었다.

잠깐의 시간이 흐른 후, 손뼉을 치며 박장대소했다.

"크하하하. 그래, 고맙다. 성훈!"

82장
각자의 하고
싶은 것

　소세키는 마에다의 일이 정리된 직후, 내게 스티브를 소개해 줬다.

　"성훈 사마, 스티브 감독입니다."

　"네? 그 스티브? 쥐라기 공원의?"

　"네, 맞습니다."

　예전에 스티브와 일하게 해주겠다고 나를 꾀더니, 이번엔 당사자를 데리고 온 모양이다.

　포기를 모르는 일본인들!

　그렇게 생각하니 그의 행동이 이해가 되었다.

　'아! 그래서 그렇게 눈썰미가 좋았구나.'

　명품의 가치는 아는 자만이 안다.

수억짜리 시계를 차고 있어도, 그 가치를 모르는 사람에게는 그저 시계일 뿐이다.

어떤 유명 장인이 만들었고, 그걸 수작업으로 만드는 데 시간이 얼마나 걸리고, 그게 얼마인지 그에게는 전혀 중요하지 않다.

시계는 시간만 맞으면 된다!

'이렇게 생각하는 사람도 있다는 말이지.'

그걸 보고 돼지 목에 진주라고 한다.

그런데 스티브는 내 작품을 처음 보는 순간, 그 가치를 알아봤다.

이 얼마나 좋은 고객인가?

'이렇게 유명한 사람이 내 작품을 보고 좋은 평을 해주면 얼마나 좋겠어.'

잘만 구슬리면 최고의 홍보 효과를 볼 수 있을 것이다.

영화는 하기 싫어도 홍보에 도움이 된다면 좋다.

'좀 더 친절하게 대해야겠는걸?'

어중이떠중이가 칭찬해 주는 것보다 명사가 좋을 말을 해준다면 그보다 더 좋은 홍보가 어디 있겠는가?

매정하게 떼어놓았던 스티브에게 나를 따라다녀도 된다고 선심 쓰듯 허락했다.

그리고 박람회가 진행되는 내내 스티브는 내 뒤를 쫓아다녔다.

정확히는 내가 아니라 갑돌이를 조종하는 부스였지만.

'귀찮지만, 이틀만 참자.'

모레가 마지막 날.

그 전에 스티브를 꼬셔야 했다.

알 건 다 알 법한 노인네가 궁금한 건 왜 또 그리 많은지, 하아!

진이 다 빠지는 하루였다.


그날 밤, 그가 내게 말했다.

"성훈! 나와 함께 일해 보지 않겠어?"

"싫어요!"

스티브의 미간에 주름이 생겼다.

"으잉?"

단칼에 거절을 당할 거라고는 생각도 못 했던 모양이다.

소세키가 옆에서 스티브를 놀렸다.

"스티브, 거 봐! 내가 안 될 거라고 했지?"

"아, 거참! 불난 집에 부채질하나? 나 스티브야. 적어도 고민하는 모습은 보여야 하는 거 아니야?"

그는 자존심이 상한 듯 입을 댓 발이나 내밀고 투덜거렸다.

하지만 소세키는 결과를 예측하고 있었던지, 전혀 개의치 않고 말했다.

"우리도 2년 전에 부탁해 봐서 잘 알지. 그때도 지금 같았어. 이렇게."

소세기가 손날로 자기 목을 치며 말을 이었다.

"단칼에, 끽!"

스티브가 인상을 썼지만 소세키는 보라는 듯 더 환한 얼굴로 말했다.

"스티브, 끽!"

스티브가 험상궂은 표정을 지으며 약 올리는 소세키에게 양손을 내밀었다.

그리고 중지를 곧추세웠다.

"이거나 먹고, 좀 닥치시지. 미스터 소세키!"

스티브가 안달 난 표정으로 물었다.

"성훈! 왜 조건도 듣지 않고 'NO!'라고 말하는 거지? 내가 신뢰가 안 가서 그래?"

"조건이 마음에 들지 않다거나 하는, 그런 문제가 아니니까요."

"응? 그게 무슨 말이지?"

애초에 영화 쪽의 일을 하고 싶은 마음이 없는데, 조건은 들어서 어디에 쓰겠나?

스티브가 물었다.

그의 눈빛은 더없이 진지했다.

"성훈, 유명해지고 싶지 않은가?"

나는 스스로에게 질문을 던졌다.

'유명해지고 싶었던 거야?'

유명해지고 싶지.

사람이라면 누구나 그렇지 않을까?

하지만 유명해지고 싶어서 건축을 하는 것은 아니었다.

하고 싶은 일을 하면서 명성이 따라오는 것이지, 명성을 쫓다 보면 걸리는 게 너무 많았다.

'재능 있는 루키들이 한순간에 망가지는 게 그런 이유 때문이지.'

그러나 나는 그들과 달랐다.

살아온 세월이 다르고, 시궁창 같은 세상에서 구정물을 너무 많이 마셨다.

'운이 좋아 두 번째를 살지만 이번 생만큼은 제대로, 의미 있게 꿈을 쫓아가고 싶다고.'

일은 내가 하는 거지만 명성은 남이 주는 거다.

일은 내가 휘두를 수 있지만 명성은 휘둘리는 거다.

이 차이를 모르면, 명성에 취하게 되지.

지금의 내게 명성이 가지는 가치는 하나였다.

'내가 하고 싶은 일에 도움이 될까?'

당연하지 않겠어?

인지도가 높으면 투자를 받기도 쉽겠지!

그리고 네 작품에 더 주목을 해줄 거야.

내 안의 성훈에게 다시 물었다.

'정말 그렇게 생각하는 거야?'

영화로 유명세를 탔다고 해서 건축 일을 하는 데 도움이 될까?

거기서 쌓은 인지도가 과연 좋은 영향을 미칠까?

신중하게 생각해 보라고.

'와! 영화 제작을 하던 성훈이 이번에는 건축물을 만든대, 정말 기대되는걸?'

이렇게 말할까?

내 안의 성훈이 비웃었다.

'너 그렇게 순진했었어? 정말 그럴 거라 믿어?'

십중팔구 사람들의 반응은 정반대일 것이다.

'영화 쪽에서 뜨고 나니, 건축은 아무것도 아니게 보였나 보군. 건방지고 오만해!'

성훈의 시작이, 그의 기반이 건축이었다고 해도 그걸 모르는 사람이 태반일 거니까.

성훈이 내게 물었다.

'너! 언제까지 살 수 있을 거라 생각해?'

그는 왜 내게 이런 질문을 던졌을까? 이미 한 번 죽음을 경험한 내게.

그가 말을 이었다.

'사람은 말이야. 언제 죽어도 이상하지 않아!'

그의 말은 정확했다.

운석이 떨어져 머리에 구멍이 날 수도 있고, 재수가 없으면 맨홀 구멍에 빠져서 죽기도 하지.

그리고 어떤 사람은 자는 동안 심장이 멈추기도 하거든.

내 뜻대로 하지 못하는 것이 인간의 수명이다.

대꾸하지 못하는 내게, 그는 이렇게 말했다.

'내가 차에 치여 죽을 거라고 상상이나 했었어?'

미친 소리지.

누가 차에 치여 죽는다는 상상을 하나?

그의 말에 피식 웃었다.

'그래서! 하고 싶은 말이 뭔데?'

녀석이 말했다.

'성훈아, 죽을 때 죽더라고 하고 싶은 거 하고 죽자. 당장 오늘 밤에 죽어도 후회하지 않도록!'

이번 삶에 돌아와서 가장 한이 맺혔던 것!

내게는 건축이었다.

'내 목숨이 언제 다할지 알아? 사방팔방으로 재능 있다고 추켜세워 준다고 다 할 거냐? 그 장단에 춤추다 보면, 정작 내가 하고 싶은 건 하나도 못해! 그건 낭비야. 시간 낭비.'

그의 말에 고개를 끄덕였다.

유명해지는 것이 목적이었다면 나는 두말없이 스티브의 제안을 수락했을 것이다.

아니, 건축이 아니라 다른 것을 선택했겠지.

슈퍼카를 몰고 크루즈도 끌고 다니고, 동서양의 모든 미녀와 화려한 연애를 할 수 있었다.

그러나 내 욕망은 그것을 거부했다.

'아무리 계산기를 때려 봐도 그건 손해라고!'

유명해지는 것.

그것은 내게 목적이 아니라, 결과가 될 것이다.

혹은 수단이거나.

명확한 건, 그게 절대로 내 삶의 목표가 될 수는 없다는 것.


그에게 물었다.

"스티브, 당신은 유명해지고 싶어서 영화를 시작했나요?"

"끙!"

"소세키, 당신은요?"

"전 제 손으로 만들어 보고 싶었죠. 내 머릿속에 있는 것들을."

'이게 정상이지.'

무언가에 몰입하는 사람들은 명성을 바라지 않는다. 명성을 바라고 일을 하는 것이 아니라, 주변에서 명성을 선사한다.

목적이 아니었기에 흔들리지 않는다.

있으면 좋겠지만 없어도 그만.

그게 일하는 데 방해가 된다면?

차라리 없는 게 낫다.

괜히 유명 예술인들이 칩거 생활을 할까?

혼자만의 사색을 하기에도 시간이 부족한데, 어느 세월에 팬들의 비위를 맞추고 있을까?

팬들이 원하는 게 예술가가 명성에 취해 흥청거리는 걸까? 아니면 더 나은 작품을 만드는 걸까?

'여기서 팬들이 자신을 본다, 추종한다고 착각한 사람들은 너나없이 망했지.'

인풋할 시간이 없는데, 아웃풋이 나올 리가 없다.

스티브를 보며 말했다.

"당신도 그랬을 거 아니에요."

"그랬지."

"당신의 그 말은 유명세를 미끼로 나를 유혹하는 것밖에 안 돼요."

스티브의 얼굴이 붉어졌다.

돈, 명예, 인기, 권력!

눈을 현혹하는 반짝이들이 얼마나 많은가?

그것들이 목표가 되는 순간, 인간은 그것들의 노예로 전락한다.

'뭐! 너무나 진부한 말이지만.'

그럼에도 그것들은 이십 대의 젊은이를 유혹하는 데는 더

없이 좋은 재료가 된다.

안타깝지만 나는 이십 대가 아니었다.

소세키가 웃었다.

"크크큭! 안 된다니까. 스티브, 성훈 사마는 애송이가 아니라고."

"으윽! 그래도 나는 성훈이 필요하다고."

왜일까?

건물을 만드는 손재주?

아니야, 그건 대목장이나 박 목수가 나보다 백배는 뛰어나지. 당장 민수만 해도, 나 따위는 상대가 되지 않는다.

갑돌이?

그걸 만드는 기술?

나는 시키기만 했을 뿐, 만들지 않았다.

기술만 따진다면 미국을 따라갈 수 있을까?

그런데 왜?

그에게 물었다.

"왜 내가 필요한 건데요."

소세키도 말을 거들었다.

"그래, 나도 궁금해. 성훈 사마의 재능이야 나도 부럽지만 스티브 자네는 왜 그러는데?"

스티브는 나를 직시하며 물었다.

"난 말이야. 자네가 만든 모형들을 보면서 전율이 일었다고. 으으. 이거 봐! 보이지? 지금도 그걸 생각하면 닭살이 돋는다고. 어떻게 그런 생각을 할 수가 있지?"

그가 감탄하며 말을 이었다.

"그 세세한 나무의 결, 세월의 손때가 묻어나는 기둥하며 대들보! 정말 최고였지."

"하지만 그걸 만든 사람은 따로 있어요."

"그건 나도 알아. 한 사람이 그렇게 만들었다고는 생각이 들지 않으니까. 자네 팀의 어떤 장인이 그러더군. 처음에 그걸 만들라고 했을 때, 연장을 부숴 버리고 싶었다고."

'박 목수 어른이겠구만. 언제 또 그분을 만났는지.'

안 봐도 훤했다.

그렇게 만들라고 했을 때, 무슨 쓸데없는 소리냐며, 연장을 내팽개쳤으니까.

최 옹의 협박과 회유가 아니었다면 아마 불가능했을 거야.

스티브가 말을 이었다.

"그래서 누가 그런 제안을 했느냐고 물어봤지. 누구였겠나?"

대답이 필요 없는 질문이었다.

"성훈, 자네라고 하더군."

그의 말에 어깨를 으쓱했다.

"그거 때문에 여러 사람이 고생 좀 했죠."

스티브가 머쓱하게 웃으며 말했다.

"나도 그런 고민을 한 적이 있었지. 하지만 어떻게 했는지 아나? 난 그런 부분을 모두 CG로 처리했다네. 왜냐고? 낭비로 보였거든. 시간 낭비, 인력 낭비! 어느 천년에 그렇게 나뭇결과 나이테를 새겨 넣고 있겠나? 시킨다고 하는 장인도 없었고 말이야."

내가 그 마음을 왜 모르랴!

"장인들이 고생을 좀 했죠."

스티브도 공감하는 듯 고개를 끄덕였다.

"그런데 말이야. 난 자네의 작품을 보면서 처음으로 그때의 선택을 후회했어. 그때 만약 이렇게 만들었다면 더 좋았을 텐데 하고."

"때로는 디지털보다 아날로그가 느낌을 살릴 때도 있죠."

"자네 말이 맞아. 그게 꼭 필요할 때도 있지."

그가 고개를 끄덕이며 말했다.

"저렇게 아날로그로 한 줄 한 줄 결을 새겨 넣은 사람도 대단하지만, 그렇게 하라고 고집을 세우는 인간이 있을 거라고는 생각도 못 했었거든? 그런데 그걸 끝까지 관철하는 미친……."

그는 말을 하다 말고, 기가 찬다는 눈빛으로 나를 힐끗 보더니, 고개를 절레절레 저었다.

"성훈, 자네는 건물을 만들면서 갑돌이도 함께 만들었어. 그렇지?"

"네."

"왜 그렇게 만들었나?"

"독자들에게 잘 보여 주기 위해서요."

내 말에 스티브가 물었다.

"단지 건물을 보여 주기 위해서라면 3D로 만들었어도 되는 거잖아! 그리고 소세키들의 말을 들어보면 자네에게는 그다지 어려운 일이 아닐 거라고 하더군."

소세키도 고개를 주억거렸다.

"성훈 사마, 저도 그게 궁금했습니다."

나는 남들과 다르게 만들고 싶었다.

그리고 그렇게 함으로써, 관람객들의 시선을 지배하고 싶었다.

그들에게 말했다.

"지금까지 모형만 만든 사람은 많았어요. 아니, 거의 대부분이 그래 왔다고 봐야죠."

스티브도 인정했다.

"사실이지."

"그런데 말이죠. 만들어진 걸 그냥 보라고 하면 무슨 재미가 있겠어요?"

여행의 반은 가이드가 차지하지 않던가?

말 잘하고 그 지역에 대해 잘 아는 가이드를 만나거나 홀로 여행을 갔어도 좋은 사람들을 만나면 어디를 가도 재미있고 즐겁다.

돌아올 때는 남은 돈을 그들에게 다 주고 와도 아깝지 않을 정도로 말이다.

그 반대라면?

두 번 다시 가고 싶지 않은 여행지가 되겠지.

"재미가 없다? 그 말이지?"

"당연하죠. 갑돌이를 따라서 관람하는 게 훨씬 생동감 있고 재미있죠. 원래 그런 거 아닌가요? 관광이란 게?"

세상은 혼자서 걸어가야 한다.

하지만 길잡이가 있다면, 하지 않아도 될 실수를 피할 수 있다.

그리고 더 많은 것을 빨리 제대로 배울 수 있다.

스티브에게 말했다.

"나는 이번 박람회에 온 사람들에게 한국 전통 건축을 제대로 즐기게 해주고 싶었어요. 혼자서 보고 스스로 판단하는 것보다, '이렇게 보면 재미있다. 여기는 이런 이야기가 있다. 이렇게 즐겨라.' 이이야기를 하고 싶었다고요."

다음에 다시 박람회가 열렸을 때, 한국 전통 건축을 반드시 찾을 수 있도록!

스티브가 흐뭇하게 웃으며 손뼉을 마주쳤다.

"그래! 바로 그거야! 영화도 마찬가지라고. 관객들을 미지의 세계로 안내하는 것, 그게 바로 영화라고."

자신의 전문 분야이기 때문인가?

스티브는 자신만만하게 말을 이었다.

"갑돌이로 가이드하는 것. 그것만 있어서는 다큐멘터리야. 다큐는 재미가 있을 수도 없을 수도 있어. 개인의 취향에 따라서 호불호가 갈리지."

그는 고개를 갸웃하며 나를 직시했다.

"그런데 자네가 하는 부스는 항상 사람이 넘쳐! 그야말로 인산인해지. 이유가 뭐라고 보나?"

"그건 제가 컨트롤에 가장 능숙하기 때문 아닐까요?"

그는 손가락을 저었다.

"맞는 말이긴 하지만 정답은 아니야. 그건 자네가 했기 때문이야. 다른 친구들이 하는 건 다큐였어. 재미없어. 하지만 성훈, 자네는 안내를 하면서 재미있는 부분을 적절하게 부각시키지. 거기다가 관련된 고사나 전설들을 중간중간에 말해 주더란 말이야. 그렇지?"

그가 내게 눈을 맞추며 동의를 구했다.

익살스럽지만 여유 있으며, 순수한 눈빛이었다.

"네, 그랬죠."

나는 영어에 능했고, 다른 학생들에 비해 전통 건축에 관심이 있었으며, 갑돌이의 컨트롤에 능했다.

그리고 그렇게 될 수밖에 없는 이유가 있었다.

나는 그들과 근본적으로 달랐으니까.

다른 사람에게, 아니, 어떤 사람에게도 말할 수 없는 나만의 비밀 말이다.

지난 삶의 모든 것이 쓸모없다고 스스로 비관했지만 모두가 그런 것은 아니었다.

20년 가까운 세월을 살며 머릿속에 쌓인 것들, 살다 보면 알기 싫어도 알 수밖에 없었던 것들, 소파에 뒹굴며 봤던 TV 내용들.

'쓸모없는 시간은 없다는 거군.'

조금 더 시간이 지나면…….

인생에 전혀 쓸모없는 것으로 천대받던 게임이 E-Sports라는 이름으로 날개를 편다.

게임으로 억대 연봉자가 생긴다.

세상은 변한다.

스티브가 확신에 찬 어투로 결론을 내렸다.

"자네는 천부적인 이야기꾼이야!"

그가 나를 가리키며 말을 이었다.

"아까 자네 앞에 있던 관람객들은 석굴암이 뭔지, 팔상전이 뭔지 몰라! 그저 아름다움에 감탄을 했을 뿐이지. 하지만 자네는 달랐어."

스티브는 아까의 가이드를 생각하면서, 지그시 눈을 감았다.

"적재적소에 재미있는 멘트를 넣음으로써, 관람객의 상상력을 자극했단 말이야. 모형으로만 존재하던 건물에 설화의 인물들이 돌아다니기 시작했다는 거지."

그가 반개한 눈으로 말을 이었다.

"신라의 경덕왕? 삼국유사? 나는 그런 거 몰라. 그런데 몰라도 돼. 왜? 재미있잖아. 그게 내가 영화를 만드는 것과 뭐가 달라. 자네의 안내에 나는 흠뻑 빠져서 봤다고."

그는 눈을 감고 지휘라도 하는 것처럼 흥에 겨워 아까의 광경을 상상하며 상체를 흔든다.

"한 편의 영화를 보는 것 같았다고. 그것도 내가 이래라저래라, 맘대로 할 수 있는 영화!"

혼자 침을 튀기며 자신의 감상을 말하고 있었다.

"세트 다 있겠다. 갑돌이라는 주연 배우 있겠다. 거기다가 전통 건축이라면 빠삭한 감독 있겠다. 더 뭐가 필요해!"

그가 벌떡 일어서며 말을 이었다.

"지금 당장에라도, 영화 한 편을 찍어도 된다고! 이런 재능이 있는데, 왜 영화를 안 한다는 말이야? 그건 재능의 낭비라고."

그의 말에 품 하고 웃음이 나왔다.

'기, 승, 전, 영화냐? 이 양반아!'

순수하고 재미있는 사람이 아닌가?

그가 간절한 눈으로 나를 설득했다.

"성훈! 그러니까 자네는 영화를 해야 해! 나랑 영화 찍자고. 감독시켜 줄게. 응?"

파격적인 말이었지만 나는 관심이 없었다.

내 꿈과는 다른 길일뿐더러, 최고로 잘 대우해 준다고 해도, 모형을 관리하거나 스티브의 보조역이지, 감독은 불가능할 것이다.

'그렇잖아. 내 뭘 믿고?'

하지만 그의 정성을 느끼기에는 충분했다.

스티브를 손가락으로 가리켰다.

"그래요. 당신은 내가 만든 영화를 그 자체로 즐겼어요."

스티브는 고개를 주억였다.

이번에는 나를 가리켰다.

"하지만 나는 이 건축물을 재미있게 보여 주기 위해서 영화 한 편을 만들었어요."

"그렇지."

그는 내 말뜻을 어느 정도 이해한 듯했다.

스티브를 보며 말을 이었다.

"그게 나와 당신의 차이예요. 당신에게는 영화가 목적이지만 나는 건축이 목적이에요. 영화는 단지 그걸 잘 보여 주기 위한 수단일 뿐!"

그래도 그는 아쉬운 모양이었다.

"하지만 재능이 아깝지 않나? 내가 보증해. 자네는 영화 분야에서 단연 돋보이는 감독이 될 수 있어!"

그의 칭찬에도 내 마음은 정해져 있었다.

"내 목적은 건축! 그걸 바꿀 생각은 없어요. 그리고……."

스티브가 목을 앞으로 빼며 물었다.

"그리고 또 뭐?"

"감독이라면 나도 원 없이 해봤습니다."

"정말? 어디서? 어느 영화야?"

그가 눈을 휘둥그레 뜨며 물었다.

"공사 현장에서 현장감독을 해봤죠."

"에이, 그거랑 이거랑 같아? 이건 영화의 전반을 기획하고 책임지는 자리라고."

스티브의 자부심이 묻어나는 말이었다.

그의 말에 지그시 웃어주었다.

영화감독이나, 현장감독이나 다를 게 뭐 있나?

분야가 다르다는 것뿐이지.

그렇다고 현장감독도 그만큼 기획하고 책임지는 자리라고 항변해서 무엇하랴!

생각의 기준이 다를 때, 가끔씩은 아무 말 하지 않는 것이 나을 때도 있다.

"아무튼 전 영화 쪽으로는 관심 없습니다."

"흠……. 각오가 그렇다면 어쩔 수 없지."

단호한 내 말에 그는 씁쓸한 미소를 지었다.

그런 그를 소세키가 어깨를 감싸며 위로했다.

"스티브, 우리로 만족하라고. 성훈 사마께서는 더 큰일을 하실 거라고. 크크크."

위로하는 건지, 약 올리는 건지는 애매했지만.

"알았으니까, 그만 놀리시지. 소세키."

실망한 스티브에게 말했다.

"만약 제 일을 하는데, 영화 계통의 도움이 필요하다면 스티브 당신과 제일 먼저 상의할게요."

"당연히 나를 찾아야지. 만사를 제쳐놓고 달려오도록 하지."

스티브.

그는 알아 두면 좋은 사람이었다.

내가 생각하는 건축이란 영화와 비슷하다.

하나의 장대한 드라마였다.

사람이 살아가는 '보금자리'를 짓는 일이다.

인간은 집에서 일생 동안 숨 쉬며 살아간다.

그저 쉬는 '둥지'가 아니라, 단지 생존을 위한 '피난처'가 아니라, 꿈을 키워가고 미래를 설계하는 삶의 '터전'이다.

거기에는 추억이 있어야 하고, 삶의 드라마가 있어야 한다.

현재 우리나라가 그러하듯, 철새처럼 메뚜기처럼 해마다 자리를 옮기는 것이 아니라!

거기서 태어나고, 아이를 키우고 마지막 숨을 내쉬는 날까지 함께하고 싶은 집을 만들고 싶다.

'수억 명의 인구가 있다면 수억 개의 드라마가 펼쳐지겠지. 과연 이게 영화보다 못하다고 말할 수 있을까?'

그리 말할 수 있다면 오만한 것이다.

그리 말할 수 있는 자는 떠돌이뿐일 것이다.

지금부터 내가 만들어 갈 건축은 이런 것이었다.

미래에 대해, 인간의 상상력에 대해 가장 많이 생각하는 사람이 바로 영화감독이지 않을까?

왜 그에게 도움받을 것이 없겠는가?

길가의 돌멩이에서도 깨달음을 얻는다고 했거늘.

그가 인간에 대해 고민하는 만큼 나도 그들의 삶에 대해 고민할 것이다.

가치 있는 삶을 살아가려면 무엇이 있어야 하는지를 숙고할 것이다.

요리를 좋아하는 사람에게는 주방을, 취미가 낚인 자에게는 서재를 겸한 작업 공간을, 단란한 가정을 꿈꾸는 가장에게는 넉넉한 거실을.

자기 자신으로 존재할 수 있는 공간을 창조해 주는 것.

그것이 건축가가 건축을 대하는 가치가 아닐까?

'인간이 인간다울 수 있는 집을 만들기 위해!'

'발전을 고민할 수 있는 공간을 창조하기 위해!'

건축가란, 벽돌로 집을 지어주는 사람이 아니라, 인간다운 삶을 영위할 공간을 설계하는 사람이 되어야 할 것이다.

내가 어느 자리에 있건, 얼마나 나이를 먹건, 그 기본 가치는 변하지 않을 것이다.

그의 진심에 호의로 답해야 할 것이다.

"스티브, 당신도 건축에 관련된 일이 있으면 저를 찾으세요. 제 팀원들을 설득해서 도와드리라고 할게요."

그 말에 스티브의 입이 찢어질 듯 커졌다.

"정말? 그래 줄 거야?"

"그럼요. 좋은 재능은 써먹어야죠."

적절한 거래이지 않은가?

그는 손재주 좋은 장인을 구하기 위해 고민하지 않아도 되고, 나는 장인들에게 명성을 높일 기회를 제공할 수 있으리라.

'더 나아가 그들의 실력도 한층 업그레이드할 수 있겠지.'

제아무리 명검이라 한들 갈고닦지 않는다면, 녹밖에 남는 것이 더 있겠는가?

그에게 씨익 웃으며 말했다.

"혹시라도 나중에 제 작품에 대해 언급할 일이 있으면 좋게 말해주세요. 알겠죠?"

"이를 말인가? 내 입이 닳도록 칭찬해 주지."

그의 대답을 들으며 흐뭇하게 웃었다.

'거래 완료, 내 작품을 칭찬할 기회는 머지않아 올 거야.'

주머니의 송곳은 어떻게든 두각을 드러낸다.

그리고 저런 어설픈 변장으로는 들통이 나도 진작 났어야 하는데 아직도 정체를 감추고 있다는 건, 기자들이 내 작품 말고는 관심이 없거나, 아니면 스티브가 이 자리에 있는 것이 너무 뜬금없어서 감지를 못하는 것이리라.

모르면 가르쳐 주면 된다.

우물을 파야 목을 축이고, 밭을 갈아야 배를 채운다.

'그리고 그건 답답한 녀석이 하는 일이지.'

이렇게 스티브한테 약을 쳐 뒀는데, 박람회가 끝나고 나서 스티브가 아무리 칭찬해 봐야 무슨 소용이 있어!

죽은 놈 불알 만지기랑 뭐가 다른가?

만사형통에는 때가 가장 중요한 법!

'내일 아침에 기자들한테 떡밥이라도 던지라고 해야겠네.'

워낙 영향력이 있는 인물이라, 약간의 떡밥만으로도 기자들이 흥미를 가지겠지.

호언장담하는 스티브를 보며 만족스러운 미소를 지었다.

'잘하라고, 스티브. 당신의 칭찬에 따라서 내가 보내 주는 장인들의 수준도 달라질 테니까.'


다음 날 아침.

민수를 보내서 찔렀던 것이 효과가 있었던지, 그저께 나와 인터뷰를 했던 미국 기자가 스티브를 알아봤다.

"혹시 스티브 감독님 아니십니까?

"맞습니다만."

기자는 전혀 예상하지 못했다는 모습으로 스티브에게 인터뷰를 청했다.

"감독님, 그런데 어쩐 일로 예까지 오셨는지."

하지만 스티브의 인지도는 내 생각보다 컸던 모양이다.

질문할 새도 없이, 플래시 세례가 잇따랐다.

예상하지 못했다면 짜증이 났겠지만 지금은 오히려 얼굴에 웃음이 지어졌다.

민수를 향해 남몰래 엄지를 세웠다.

'잘했어!'

스티브가 근엄한 목소리로 기자들에게 말했다.

"지금은 성훈의 가이드를 즐기고 싶군요."

"네, 그게 무슨 말씀이십니까?"

"미스터 소세키가 재미있는 일이 있다고 해서 따라왔는데, 이런 즐거운 일이 있을 줄이야 상상이나 했겠습니까?"

"아! 그렇습니까? 하하."

스티브가 말했다.

"지금은 인터뷰를 할 시간이 아닙니다. 이 감동을 더 맛봐야 할 시간이죠."

"인터뷰는 성훈 군의 가이드가 끝난 후에 시간을 내어 드리겠습니다. 그럼."

그 말을 끝으로 스티브는 현주가 가져다준 자신의 지정석, 앉은뱅이 의자에 걸터앉았다.

느긋한 스티브와 달리 기자들은 바빴다.

"영화계의 거장 스티브 감독이라고!"

"그래, 맞아! 이건 신문 지면으로만 대체할 기사가 아니야! 이 조그마한 나라에 그가 왜 왔겠어?"

기자들의 움직임이 분주해지기 시작했다.

"당장 카메라맨들을 불러오라고. 당장!"

"안 되면 다른 방송국에서 빌려서라도 와! 얼른 움직이자고."


가이드가 끝나고 돌아섰을 때, 한국을 포함한 여러 나라의 방송국에서 스티브를 인터뷰할 준비를 끝마치고 대기하고 있었다.

기자가 물었다.

"한국에는 처음 방문하신 것으로 알고 있습니다. 방문 이유를 물어도 되겠습니까?"

스티브는 긴장하지 않았다.

그가 온 이유와 이곳에서 느낀 점을 담담하고 재치 있게 기자들에게 설명했다.

"제가 이곳에 온 것은 운명이었습니다. 아니, 신의 안배였다고 말씀드리고 싶군요."

이렇게 시작된 그의 인터뷰는 과장되지 않으면서, 그렇다고 축소하지도 않았다.

그는 자신의 말에 책임을 지겠다는 듯, 여기에서 느낀 점을 솔직하게 말했다.

그 순간, 박람회의 주인공은 스티브였지만 나는 즐거웠다.

'스티브는 내 작품을 설명하고 있다고! 어설픈 평론가가 아니라, 세계 최고의 감독이 말이야. 세상에 이런 홍보가 어디 있겠어?'

박람회가 끝나면 그동안 박람회가 한국에서 차지하던 위상이 달라져 있을 것이다.

전 세계의 방송국에서 전파를 탈 테니까.

돈을 주면서 취재해 달라고 해도 오지 않을 방송국에서 지금 내 작품을 찍고 있다.

스티브 한 명 때문에!

'스티브! 파이팅!'


"이번 박람회의 한국 전통 건축은 감동적이었습니다."

스티브의 말에 기자가 물었다.

"감독님께서는 평소에도 한국 전통에 관심을 가지고 계셨나요?"

외국인이 자신의 문화에 대해 감동적이라고 말을 하니, 질문을 하는 한국 기자의 어조도 약간 격앙되어 있었다.

"아니요, 저는 한국에 관심이 없었습니다. 아니, 한국이라는 나라가 있다는 것도 모를 정도였습니다."

질문을 했던 한국 기자가 어색하게 웃었다.

"하하하. 그러셨습니까?"

"제가 감동적이라고 했던 것은 이번 박람회에 출품한 건축 모형을 두고 한 말입니다."

왜?

왜 그는 알지도 못하는 나라의 작품에 관심을 가지는 것인가?

평소에 관심이 많았었다는 전제가 있다면 이해라도 될 텐데 말이다.

"정확히 말하면, 한국의 전통 건축이 아니라, 그것들을 만들어놓은 사람들의 자세와 실력입니다. 이거 보이십니까?"

그는 자연스럽게 질문자와 카메라맨들의 시선을 팔상전으로 돌렸다.

다들 의아한 표정을 지었다.

'그저 평범한 모형일 뿐인데?'

'그러게 기둥에 금박을 칠한 것도 아니고, 전혀 색달라 보이지 않는데?'

스티브가 미소 지으며 말을 이었다.

아는 자만이 볼 수 있는 것이었다.

설명을 이었다.

"거기서 보시면 모릅니다. 좀 더 가까이 다가오셔야 보일 겁니다."

대체 무슨 말이야?

카메라맨들이 투덜거리며 모형에 접근했다.

스티브가 음흉한 눈빛을 내게 보냈다.

"성훈 군, 갑돌이 컨트롤러를…… 좀……."

'능글맞은 노인네!'

결국은 이걸 만지고야 마는군.

보는 시선이 많았기에 거부를 함으로써 그의 기를 죽일 수는 없었다.

"쳇!"

그는 싱글벙글 미소를 지으며 컨트롤러를 넘겨받았다.

"고맙네, 성훈!"

그는 조심스러운 조작 끝에 갑돌이의 조정법을 간략하게 마스터하고는 빔 포인터를 팔상전의 기둥으로 쏘아 보냈다.

"여기…… 아니, 여기……. 이런!"

"으헛!"

갑돌이가 그의 통제에서 벗어나 카메라맨의 카메라에 빔을 쏘아 보냈다.

갑작스러운 붉은빛의 공격에 카메라맨이 다급한 비명을 지르며 카메라에서 눈을 떼었다.

"앗! 깜짝이야."

그는 눈을 비비며, 스티브에게 눈총을 주었다.

"미안합니다, 제가 아직 컨트롤이 미숙해서 실수를 저질

렀네요. 아무래도 하던 사람이 해야 할 것 같습니다. 허허?

그는 당황한 눈으로 내게 도움을 청했다.

'그럼, 그렇지. 그렇게 금방 주인을 버릴 갑돌이가 아니지.'

당황한 척, 그에게 다가가 컨트롤러를 빼앗듯이 다시 넘겨받았다.

"감독님, 제가 하겠습니다."

"허허, 그래 주겠나? 내가 너무 성급했나 보이."

투덜거리며 혼잣말을 했다.

"아깝다, 할 수 있었는데……."

스티브가 설명을 이어갔다.

"팔상전의 기둥, 그렇지! 거기."

스티브와 나, 그리고 모형이 한 장면에 들어갔다.

"이 기둥을 잘 봐 주십시오. 결이 보이십니까?"

그제야 카메라맨들이 탄성을 질러댔다.

"오오! 이럴 수가!"

"이건 건물만 1 대 20의 스케일이 아니라, 나뭇결까지도 완벽하게 재현을 했습니다."

다른 기자들도 모두 탄성을 자아냈다.

"확실히 대단하기는 하군요. 어떻게 이렇게 만들 수가 있었는지?"

"혹시 그리거나, 혹은 나뭇결 시트지를 붙인 것 아닙니까?"

그 말에 얼굴이 확 달아올랐다.

이런 오해를 받을 수는 없지!

그 말을 한 기자를 지적하며 말했다.

"기자님, 보스턴 신문이셨죠?"

"네, 그렇습니다, 성훈."

그를 가까이 오도록 불렀다.

"의심되시면 만져 보세요."

"그래도 됩니까?"

"확인을 시켜 드려야 하니 어쩔 수 없죠."

잠시 후, 그가 말했다.

"죄송합니다. 제가 실례를 범했습니다. 확실히 나뭇결을 새겨 넣으신 거네요."

그가 얼굴을 상기시키며 사과를 했다.

"정말 대단한 솜씨군요."

"당연한 겁니다. 우리 학교의 전통건축과의 교수님들이 한 결 한 결 새겨 넣으신 거니까요. 그분들은 모두 중요무형문화재 기능 보유자들이십니다. 한국에서 인정을 받으신 분들이라는 말이죠."

그리고 대목장이 있는 쪽을 가리켰다.

대목장을 비롯한 박 목수와 그의 동료들이 멍하니 인터뷰를 보고 있다가 다급히 복장을 정리했다.

'험험, 얼빠진 얼굴 하지 말고, 자세들 똑바로 하세나.'

최 옹이 그들을 챙기는 소리가 들렸다.

긴장한 모습들이 역력했다.

"저분들이 정성 들여 모형에 생명을 불어넣으신 겁니다."

"험험."

방송을 타는 것을 즐거워하면서도 막상 카메라를 직시하는 것은 낯 뜨거웠던지 연신 눈길을 돌리고 있었다.

스티브가 말을 이었다.

"이 작품은 저분들이 모형이 아니라, 이 본래의 건물을 짓는다는 마음으로 지었다는데 저는 감동을 받은 겁니다. 크기가 축소되었을 뿐, 이것에 새겨 넣은 정성은 축소되지 않았을 거라 확신합니다."

"그런데 이것에 제가 왜 의미가 있느냐 물으면 이렇게 답하겠습니다. 성훈 군, 좀 안내를 해주게나."

잠시 동안 카메라는 나를 중심으로 돌아갔다.

긴장할 것도 없었다.

내가 평소에 하던 것들이었으니.

스티브가 말했다.

"방금 성훈 군과 갑돌이 로봇이 움직이는 것에 영화의 모든 것이 들어 있습니다. 마치 실제 건물을 지은 것과 똑같은 느낌이죠. 아무런 CG의 도움도 없이 말입니다."

물 한 잔을 마신 후 스티브가 말을 이었다.

"이런 미니어처를 만들 수 있으면 SF 영화계의 지각변동이 일어납니다."

기자들과 카메라맨의 손놀림이 분주해졌다.

"지각변동이라는 말입니까?"

"네, 지각변동입니다. 저것 자체로 영화를 찍으라고 해도 저는 찍을 수 있을 정도로 퍼펙트한 퀄리티를 뽐내고 있잖습니까?"

"저는 저 작품을 보게 됨으로써, 새로운 결심을 하게 되었습니다."

"그게 무슨 말씀이십니까? 설마 한국의 전통 건축을 이용한 영화를 찍으시려는 겁니까?"

한국 기자의 말에 스티브가 눈썹을 으쓱하며 웃었다.

"제가 한국에 대해서 뭘 안다고 그걸 찍겠습니까?"

나도 그 말을 들으며 어이가 없어서 웃었다.

'뭔가 대단한 특종을 잡으려고 나온 모양이네.'

말끝마다 스티브와 한국을 연결 지으려 하는 게, 특종을 바라는 것이 눈에 보였다.

'내일 어떤 기사가 나올지 기대가 되는군.'

하지만 스티브는 개의치 않고, 말을 계속했다.

"아직 시나리오를 말씀드릴 수는 없지만, 제게는 꼭 찍고 싶었던 영화가 있었습니다. 무려 20년 전에 구상을 했던 작품입니다."

"하지만 포기할 수밖에 없었지요. 그 이야기를 영화로 구현할 만큼 과학이 발달되지 못했으니까요."

"그럼 지금은 만들 수 있지 않겠습니까?"

강산이 무려 두 번이나 바뀐 세월이 아니던가?

"하지만 지금은 그걸 만들어낼 장인이 없습니다. CG로 만들면 되지 않느냐고요? 훗! 가끔씩은 아날로그를 고집하고 싶을 때가 있지 않겠습니까? 이건 그런 시나리오입니다."

스티브는 차분한 눈빛으로 말을 이었다.

"제가 말씀드리고 싶은 요점은 이겁니다."

모든 장면을 다 편집한다고 해도, 이 말만큼은 어느 방송사에서도 편집하지 않을 것이라는 확신이 들었다.

스티브도 그걸 의도한 발언이 아닐까?

만약 이 말을 빼고 편집하는 방송사가 있다면, 아마 그 방송사는 두 번 다시 스티브와 인터뷰를 할 수 없을 테니까!

역지사지라 했다.

'내가 스티브라고 해도 안 할 거야! 그딴 방송국들과는!'

"한국의 기술이 이렇게 뛰어나다는 것을 이제야 알게 되었습니다. 한국의 장인들에게 경의를 표합니다."

그 말을 들은 장인들의 어깨가 으쓱 올라가는 것이 보였다.

"제가 불가능하다고 생각했었던 것이 제 착각이었고 오만이었음을 깨달았습니다. 그걸 가르쳐 준 한국에 고맙다는 말씀을 드리고 싶군요."

감회가 새로운 듯, 그의 눈가가 촉촉해졌다.

"그 말씀은 그만큼 이 박람회가 완벽하다는 말씀이십니

까? 스티브 감독님?"

이 질문을 하는 사람은 또 한국의 기자였다.

스티브는 나를 힐끗 보더니 말을 이었다.

"완벽이라는 말을 인간이 쓸 수 있을지 모르겠습니다. 하지만 제가 본 작품 중에서는 가장 완벽에 가까웠습니다."

기자들의 플래시가 번쩍거렸다.

보스턴의 기자가 물었다.

"그래서 아까 신의 안배라고 말씀을 하셨던 거군요."

스티브가 비장하게 고개를 끄덕였다.

"네, 바로 그렇습니다. 이 팔상전을 만든 장인들의 손재주라면, 제가 세계인들에게 보여 주고 싶었던 저의 판타지를 충분히 구현해 낼 수 있지 않을까 하는 생각이 들더군요."

"감독의 오래된 열망이 담긴 작품이 빛을 보게 된 것을 축하드립니다."

기자들은 이미 기정사실화된 것으로 생각하는 모양이었다.

한때 세계 최고의 감독으로 일컬어지던, 스티브의 제안을 거절할 사람이 얼마나 될 것인가?

애초에 그가 프러포즈를 한 사람이 얼마나 될 것인가?

스티브의 인터뷰를 보면서, 대목장과 박 목수는 흐뭇한 웃음을 지었다.

"거 보게나. 내가 무어라 했는가? 녀석이 쓸데없는 짓을 하지 않는다고 하지 않았던가?"

"그러게 말입니다. 어르신의 말씀이 이렇게 딱 맞을 줄은 꿈에도 생각을 못 했습니다."

"그건 그렇고, 은근하게 숨겨 둔 우리의 정성을 한눈에 파악하다니, 저치도 보통은 넘는구먼."

"괜히 세계 최고의 감독이겠습니까? 저도 저 사람이 그런 예리함을 가지고 있었다는 게 놀랍군요."

대목장이 그의 어깨를 두드리며 말했다.

"고생했네, 박 목수. 자네가 고생한 것이 인정을 받았으니 나도 기쁘구먼."

"제가 뭐 한 일이 있겠습니까? 어르신께서 잘 가르쳐 주신 덕분이지요. 하하하."

스스로 겸양을 했지만, 박 목수의 기분은 하늘을 날아갈 것 같았다.

인정받는 것은 언제나 기분 좋은 일이다.

그동안의 짜증과 피로가 씻은 듯이 사라졌다.

같은 한국인들에게도 공업화, 세계화가 먼저라는 명목으로 박대를 받았건만, 외국의 유명인이 자신의 노력을 인정해 주는 것이니 그 기쁨은 배가 되지 않았을까?

대목장이 말했다.

"그러니 앞으로는 성훈이 녀석과 부딪치지 말고, 녀석이 원하는 대로 해주게나."

그 말에 박 목수가 멋쩍은 듯 웃었다.

"어르신, 제가 언제 녀석이랑 싸움을 했다고 그러십니까?"

"누가 싸웠다고 했나? 말이 그렇다는 것이지."

"알겠습니다, 어르신."

박 목수는 뿌듯한 가운데, 미안한 마음이 들었다.

'성훈아, 그동안 미안했다. 앞으로는 네 녀석의 말이라면 팥으로 메주를 쑨다고 해도 토를 달지 않으마.'

그는 착각을 하고 있었다.

이제는 더 이상 그런 일이 없을 거라고, 혹여 있다고 하더라도 다음회의 박람회 정도가 아니겠느냐고?

'그리고 그때는 녀석은 졸업하고 없을 거라고. 녀석 같은 놈이 또 있을 리도 없고. 암! 있어서는 안 돼!'

그가 대목장에게 다짐했다.

"저를 한번 믿어 보십시오. 앞으로는 녀석의 말이라면 군말 없이 하지요."

성훈이 어제 스티브와 무슨 약속을 했는지 안다면, 절대로 저런 생각을 못 할 텐데 말이다.


스티브는 담담하게 말을 이었다.

"아직 정해진 것은 아닙니다."

'설마? 감독의 제의를 거절한다고?'

기자들의 카메라가 대목장에게로 향했다.

갑작스러운 주목에 대목장들이 긴장했다.

모두들 그의 입에서 '예스'라는 말이 나오기를 기대하고 있었다.

스티브가 말을 덧붙였다.

"기회가 허락한다면, 팔상전과 석굴암 같은, 이런 작품을 만들어낼 수 있는 한국의 장인들과 같이 작업할 수 있는 기회가 주어진다면 영광일 것 같습니다."

나와의 약속도 있었지만 공개적인 자리에서 확인을 하고 싶었으리라.

모두의 주목을 받은 대목장이 말했다.

"스티브 감독, 제안은 고맙소만……."

기자단이 경악하며 숨을 멈추고 다음 말을 기다렸다.

"우리와 하고 안 하고는, 당신 옆에 있는 성훈이와 상의하시오. 우리는 녀석의 의견을 따를 터이니. 커흠."

대목장이 한발 물러섰다.

스티브는 이미 예상이나 한 듯이 내게로 시선을 돌렸다.

"나는 이 작품을 꼭 만들어야 죽을 때 눈을 감을 수 있겠소. 그러기 위해서는 당신이 꼭 필요하오. 성훈 군의 의향은 어떤지 묻고 싶소만."

스티브는 자신의 하고자 하는 바를 솔직담백하게 털어놓

앉다.

그의 물음에 피식 웃음이 나왔다.

'이런 공개적인 장소에서 러브콜이라.'

그는 자신의 자존심을 지키면서 내게 정중하게 프러포즈하고 있었다.

옹기종기 모여서 뉴스에 나오는 어제의 인터뷰를 보고 있었다.

화면에 어제의 나와 스티브가 대화하는 장면이 나오고 있었다.

"스티브처럼 명성 있는 감독께서 저희 작품을 높이 평가해주시니, 몸 둘 바를 모르겠습니다."

그의 프러포즈에 대한 나의 답변이 시작되고 있었다.

"있는 사실만을 말했을 뿐이네. 아니, 오히려 축소된 감이 없잖아 있지. 자네가 의도한 부분을 모두 나열하려면, 오늘 하루가 다 지나도록 해도 시간이 부족하겠지."

하지만 이것은 거래, 내가 숙이고 들어갈 이유가 애초에 없었다.

"스티브 감독의 제안을 즐거운 마음으로 받아들이며, 저희도 감독의 작품에 일조하도록 하겠습니다."

내 말에 스티브는 기꺼워했다.

"알겠네……."

"하지만 자세한 사항은 차후 스티브와 대목장 어르신 간의 구체적인 말이 있어야 할 것 같습니다. 실제로 작업을 하신 분은 대목장과 그 휘하의 장인들이었으니까요."

스티브도 동의했다.

어디까지나 나에게 허락을 구한 것뿐이었으니까.

최종 결정자는 대목장이라는 내 말에 장인들의 어깨가 한층 올라갔다.

자부심은 곧 좋은 품질로 이어진다. 명성이 있는 자들이 작품 수가 많지 않은 이유 중의 하나가 아닐까?

'기대하는 사람들이 많으니, 그들의 기대를 저버리지 않기 위해, 더 많은 신경을 쓰겠지.'

만약 내가 전통 건축의 모형이 목적이었다면, 직접 딜을 했을 것이다.

하지만 이것까지 다이렉트로 컨트롤하다가는 몸이 열 개라도 부족할 것이다.

'그래, 이걸로 됐어. 나는 가는 방향만 잡아주면 되는 거야.'

민수가 물었다.

"형, 그래도 스티브는 유명한 감독인데, 뜸을 들이는 것보다는 바로 수락하는 게 낫지 않았을까요?"

민수의 말도 일리는 있었지만 나는 생각이 달랐다.

"함께 일을 하더라도 누군가에게 숙이고 들어가는 것이 아닌 동등한 관계이기를 원했거든."

일의 실행 여부를 자기 자신이 결정하는 것. 어떤 주제에 대해 적극적으로 의견을 제시하는 것은 그런 관계에서 나오는 것이 아닐까?

민수를 보며 말을 이었다.

"나와 현재의 관계도 마찬가지일 거야."

"형의 원하는 바를 현재가 채워줄 수 있으면 같이 일하고 그렇지 않으면 함께할 수 없다는 거요?"

"응, 그렇지."

사장의 입장에서는 무조건 말 잘 듣는 직원을 선호할지 몰라도 성장의 한계에 부딪힐 것이다.

성장이 멈추면 남은 것은 죽음뿐이다.

"그 자존이 무너질 때, 어느 한쪽이라도 아쉬운 소리를 하게 될 때……."

"비정상적인 갑을 관계가 나타나겠군요."

자본과 노동력을 거래하는 것, 그게 자본가와 노동자의 기본 관계가 아닐까?

서로의 필요에 의해 존속되는 관계.

저울추가 한쪽으로 기우는 순간, 피해를 보는 자가 생길 것이다.

"스티브가 손해 볼 일은 적으니 우리 쪽이 피해를 보겠지."

내가 스티브에게 굽실거린다면 스티브는 뭐가 아쉬워서 내 눈치를 보겠는가?

그저 노예처럼 부림을 당하다가 쓸모가 없어지면 버릴 뿐.

'개도 자리를 보고 다리를 뻗는다고!'

다짐하듯 말했다.

"난 누군가에게든 피해를 볼 생각이 전혀 없어."

그의 명성이 그에게 무기라면 나는 그 명성을 이용해 비상할 것이다.

"내 가치는 스스로 만들어 가는 거니까."


민수가 화제를 돌렸다.

"성훈 형, 우리나라 매체에서 너무 과하게 우릴 띄우는 것 같지 않아요?"

그럴만한 것이, 외국 매체에서는 객관적인 입장을 취하고 있었다.


[스티브 감독이 한국의 전통 건축 기술자들에게 관심을 보였다. 그들의 실력은 스티브의 주목을 받을 정도로 뛰어났다.]


팩트에 초점을 맞췄다.

반면 한국의 매체에서는 비행기 태우기 바빴다.

[세계의 명감독, 스티브가 인정한 한국의 건축!]
[세계 최고의 문화를 입증하다.]


"다른 나라에서 본다면 낯 뜨겁겠지."

"그러게요. 이런 말 하기도 쉽지 않은데 말이죠."

어떻게든 부풀려서 특종으로 만들고 싶은 기자들의 몸부림이었으리라.

하지만 어떤가?

팔은 안으로 굽고, 고슴도치도 제 새끼는 귀여운 법.

"외신들이 어떻게 생각하든, 국내에서 인지도가 생긴다는 건, 환영할 일이지."

"과하면 좋지 않다고요."

그런 민수를 보며 피식 웃었다.

'내가 보기엔 네 걱정이 과해 보이는데.'

민수가 미간을 찡그리며 말했다.

"왜요? 또 무슨 생각을 하신 거예요."

서당개 삼 년이면 풍월을 읊는다더니.

민수 말처럼 과하기는 했지만, 그들에게 정정 보도를 부탁할 생각은 추호도 없었다.

"내버려 둬! 그러다가 다시 식을 거야. 적어도 우리를 보는 시선은 확연히 달라질걸! 어제 벌써 총장에게 연락이 왔다고 하더라고."

아까 총장에게서 연락이 왔었다.

어제 그는 수십 명에게 전화를 받았다고 했었다.

대단한 인재들을 키웠다는 둥, U대학의 앞날이 밝다는 둥 그런 전화가 왔었다고.

하지만 총장이 그런 아부성 발언을 그대로 믿을 만한 사람이던가!

오히려 그는 내게 이렇게 말했었다.

—매체들의 띄우기에 혹시라도 기고만장할까 봐 염려스러워 전화했다네.

그는 자중해야 할 때를 아는 능구렁이였다.

그가 말을 이었다.

—그저 이걸 어떻게 이용할지만 신경 쓰게나.

지극히 냉정한 어조로 그는 내게 당부했었다.

"걱정하지 마십시오. 어떻게 이용할지는 이미 계획이 서 있습니다."

그는 흐뭇하게 웃으며 말했다.

—클클, 그럴 줄 알았지. 박람회가 끝나면 나를 찾아오게나. 자네의 계획에 구체적인 방안을 의논해 보도록 하지.

"어제 스티브와 이미 얘기가 끝났었던 거죠?"

인터뷰는 형식적인 것이 아니었냐는 민수의 물음이었다.

그 말에 고개를 끄덕였다.

"그렇지, 그런데 그거 왜 물어?"

민수가 웃으며 말했다.

"아까 기자들에게 정보를 흘리고 오는데 이런 생각이 들더라고요."

"무슨?"

"굳이 인터뷰를 하려고 하는 데는 다른 이유가 있는 것 같아서요."

한석이 끼어들며 물었다.

"단지 스티브의 명성 때문에 허락을 하신 것이 아니었습까?"

민수가 그 말에 고개를 저었다.

"성훈 형이 그럴 리가 없잖아. 그럴 것 같으면, 이 년 전에 저 소세키 상이 하자고 했을 때, 진작 했어야 맞는 거지. 그렇죠? 형?"

"그래도 민수가 좀 낫구나?"

한석이 씩씩거렸다.

"그건 제가 군대에 가 있어서 그런 겁다. 저도 여기 있었으⋯⋯."

민수가 녀석의 어깨를 감싸며 말했다.

"그래, 너도 알았을 거야. 그러니까 얼른 제대하고 돌아와."

"그때가 되면 형이랑 성훈 선배님은 졸업하고 없을 것 아 님까?"

'쯧쯧, 단순한 녀석!'

하지만 그런 한석을 민수는 지극히 챙겼다.

동생이 없어서 그런 것인지, 한석에게 정이 많이 가는 모양이었다.

"걱정 마, 현재건설에 네 자리 정도는 만들어두고 있을 거 니까."

민수의 그 말에 한석의 얼굴이 밝아졌다.

"정말이심까?"

그 모습이 어찌나 얄밉던지 나도 모르게 툴툴거렸다.

"내가 언제 현재로 간다고 했냐? 그리고 설령 간다고 해도, 실력도 없는 놈을 인맥으로 받을 생각은 추호도 없다고. 흥!"

한석이 대들었다.

"저도 성훈 선배님 인맥으로 갈 생각 없슴다. 흥! 안 그래 요? 민수 형."

"그래, 그래, 진정하고…… 형도 좀 그만하세요. 얘랑 똑 같이 노시려고 하세요, 참."

"쩝, 알았어!"

"아까 하던 얘기나 계속해 주세요."

민수의 타박을 받으며, 한석에 대한 눈길을 거두었다.

"같이 일을 한다고 하더라도, 스티브 같은 사람에게 제대로 대접받으며 일을 할 거라고 말하고 싶었던 거지. 말만 해 놓고 중간에 무산되는 것도 싫고 말이야."

"그 말씀은?"

스티브와 함께 일한다는 사실보다, 사람들이 그것을 안다는 것이 중요했다.

"우리는 스티브에게 고용되는 것이 아니야. 오히려 스티브가 우리에게 부탁을 했고 우리가 그것을 들어주는 거라는 걸 명확하게 하는 거지."

나나 전통 공예자들에게는 굵직한 경력 중의 하나로 남을 수 있는, 스티브와의 일을 남들 모르게 진행하고 싶지 않았다.

단지 국내에서만 인정을 받는 것이 아니라, 세계적으로 인정받고 있다는 사실을 말할 수 있는 중요한 자료였다.

한석이 정리했다.

"그럼 스티브에게 갑질하면서 일할 수 있다! 그건 아닙까?"

갑질까지야 하겠냐만서도, 최소한 동등한 입장에서 일할 수 있을 것이다.

'저렴하게 말하기는, 녀석!'

"그래, 결국은 그거지. 그리고 이렇게 공론화를 시키면 스티브도 어떻게든 약속을 지켜야 하거든. 무조건 만들 수밖에 없어."

괜히 기대감만 높이고 일이 진행되지 않아서는 곤란하다.

스티브에게 인정을 받으면 뭐하는가?

말로만 끝나버리면 그건 그냥 띄워 주기밖에 안 되는 거였다.

'그러기엔 우리 장인들의 실력이 너무 아깝잖아!'

민수가 고개를 끄덕였다.

"이유가 있을 줄은 알았지만, 생각보다 치밀하셨네요."

"응, 매체를 통해 알리면서 부담이라도 줘야 책임감을 가지겠지."

그게 내가 일부러 인터뷰를 하게 만든 두 가지 이유였다.

이왕 일을 하게 된다면, 당당하게 실력을 인정받으며 일해야지!

돈!

그깟 숫자가 적혀 있는 종잇조각에 자존심을 팔 생각도, 내 식솔들이 머리를 숙이게 하고 싶지도 않았다.

내 머리나 손발이나 다 똑같은 나라고.

스티브의 만남은 나에게 많은 질문을 던지는 계기가 되었다.

그가 일을 대하는 태도는 물론이고.

'20년 전에 생각했던 것을 잊지 않고 마음에 품고 있다는 게 보통 일은 아니잖아.'

자기가 하고 싶은 것을 어떻게든 실현하려고 하는 저 집념.

그의 태도는 '세상에 불가능이란 없다!'라고 말하고 있었다.

다만 가능하게 할 방법을 몰랐을 뿐이다.

그는 그것을 가능하게 만들기 위해서, 백방으로 수소문했지만 찾을 수 없었다.

그리고 오랜 세월이 흐른 후, 전혀 뜻하지 않은 곳에서 그 방법을 찾았다.

찾고자 하는 자에게는 길이 나타나는 법이지.

만약 그가 진즉에 포기하고 마음에서 접었다면, 과연 오늘의 일이 가능했을까?

스티브는 수십 년을 곁눈질하지 않고, 외길을 걸어온 고집쟁이였다.

단지 천부적 재능이라는 한마디 말로는 그것을 설명할 수 없다.

기연에 기연이 겹치고, 노력에 노력이 겹쳐서 지금의 그가 만들어졌다.

과연 나는 어떠한가?

그 세월 동안 노력을 했는가?

'세월을 거스르고 다시 살게 된 나는 얄팍한 미래의 지식만으로 세상을 살아가고 있지 않은가?'

지금의 나는 현재의 나를 극복하기 위해 몸부림치고 있

는가?

과연 나는 어제의 나에게 '성장했다!'라고 말할 수 있는가?

어제의 네가 있었기에 오늘의 내가 있을 수 있었다고, 어제의 나에게 당당하게 말할 수 있는가?

사회적 성공, 명예, 부의 축적!

그것은 하나의 인간을 규정짓는, 눈에 보이는 결과물들이다.

하지만 인간으로서의 성장!

그것만큼은 스스로 판단하는 수밖에 없다.

남의 판단보다는 스스로에게 심판을 맡겨야 하는 것이다.

나는 과연 그렇게 당당한가?

그렇지 못하다면 어떤 노력을 기울여야 하는가?

완성된 인간은 어떤 인간인가?

야망을 이룬 인간인가?

돈방석에 앉은 인간인가?

남에게 추종을 받으면 그것으로 만족할 수 있는가?

나는 나 자신을 만족시킬 수 있는가?

내 안의 성훈이 물었다.

'그래서 이제 만족해?'

녀석은 지극히 냉소적이고 장난스럽다.

나를 꿰뚫듯 헤아리면서도 그렇게 묻고 있었다.

녀석에게 대꾸했다.

'이 정도로 네 녀석이 만족할 수 있겠어?'

녀석은 나와 똑같은 표정으로 말했다.

'그럴 수 없다는 거 알잖아.'

실없는 녀석!

뻔히 알면서 간 보기는…….

내 안의 성훈은 끊임없이 나를 위로하고, 처음과 마찬가지로 나를 채찍질한다.

때로는 골이 얼마 남지 않았다고, 가끔은 아직 갈 길이 멀었다고.

스스로에게 물어본다.

'이런 작은 성공으로 만족할 수 있어?'

그리고 스스로에게 답했다.

'아직 멀었어! 한참 멀었어!'라고.

내가 목표로 하는 것은 아직도 멀어 보였다.

하지만 어제의 인터뷰가 어떤 결과를 가져오는지는 나도 이때는 미처 알지 못했었다.

이제 그것을 말하고자 한다.

83장
추종자들(1)

성훈은 방송을 보던 것을 정리하고 밖으로 나왔다.

사람들을 보며 말했다.

"자! 자! 오늘이 마지막이라고. 최선을 다해서 아름답게 마무리하자!"

우리 모두 알고 있었다.

대상은 우리 것이라는 것을.

"우리가 대상을 못 먹으면 이건 뭔가 조작이 있는 거라고."

우리는 자타공인 1등이었다.

관람객이 몰리는 수준이 달랐기 때문이지.

그리고 스티브의 인터뷰까지 겸해진 상황이니 정말 큰 이변이 없는 한 결과는 정해져 있었다.

파이팅을 외치며 각자의 자리로 돌아갔다.

"개장 오 분 전! 긴장들 하라고."

외교부 과장이 수화기를 들었다.

"네? 지금 사우디의 알리 왕자가 이리로 온다고요?"

－전혀 예정에 없던 일이니까, 제대로 준비하고 있어. 아마 압둘 왕자와 친분이 있으니 그를 만나러 가는 것이 아닐까 예상할 뿐이지.

"제가 맞으라는 말씀이십니까?"

－아니, 지금 차관님 모시러 가고 있다. 그렇게 알고 있어.

"차관으로 되겠습니까? 알리 왕자가 누군지 모르세요."

'알리 왕자라니.'

전혀 예상하지 못하고 있었다.

사우디아라비아의 계승권 서열 3위였지만, 현 국왕의 총애를 받으며, 차기 국왕에 가장 근접했다고 알려진 인물이었다.

그런 인물이 공문 한 장 달랑 띄우고는 전용기로 날아오다니!

수화기에서 짜증 나는 목소리가 터져 나왔다.

－그럼 어쩌라고. 미국에 가 있는 장관이라도 오라고 할

까? 아니면 대통령이라도 불러? 응?

상관의 말에 찍소리도 못하고 대답했다.

"알겠습니다, 준비하고 있겠습니다."

그는 부하에게 신경질을 부렸다.

"야! 카펫이라도 깔아! 젠장! 왜 하필 지금 오냐고! 압둘 왕자도 부담스러워 죽겠는데."

알리와 수행원들이 내리는 모습이 보였다.

그가 앞으로 나서며 말했다.

"외교부 박승후 과장입니다. 지금 차관께서 오고 계시니, 잠시 기다려 주시면……."

하지만 그의 말을 알리에게 전달되지도 못했다.

그의 앞을 막아선 것은 사우디아라비아 대사였다.

"이번 방문은 왕자님의 지인을 만나기 위한 사적인 방문이시랍니다. 대한민국 외교부에서는 신경 쓰지 않으셔도 된다고 하십니다."

"하지만 대사, 방문 사유 정도는 말씀을 해주셔도 괜찮지 않습니까?"

대사와는 안면이 있었기에 물어볼 수 있었다.

그는 난처한 표정으로 알리의 눈치를 살폈다.

"박 과장, 갑작스러운 일정이라 미안하지만 이미 외교부에서 허락한 사안이오. 지인을 만나러 오셨다는데, 나도 자세히는 몰라요. 외교부에 미리 귀띔한 것도 저로서는 최선을 다한 거예요."

"휴!"

"미안하오, 박 과장. 우리 왕자님이 어떤 분인지 아시잖소. 예측이 안 된다는 말이오."

가는 길이 지체되자 알리의 수하로 보이는 자가 다가왔다.

하얀 콧수염과 구레나룻이 인상적인 백발의 노인이었다.

대사가 뜨끔하며 그 노인을 소개했다.

"아! 우리 왕가의 수석 집사님이십니다."

집사가 말했다.

"개인적인 일을 마무리 지으신 후에 한국 외교부와 다른 대사들에게도 시간을 내어주시겠다 하십니다. 그렇게 진행을 해줬으면 좋겠구려."

알리 왕자가 저렇게 곱게 말했을 리는 없다.

이 집사가 말을 완곡하게 소화한 거겠지.

왜 그렇게 생각하냐고?

지금 알리 왕자의 얼굴빛이 좋지 않았거든.

뭔가 기분 나쁜 일이라도 있는지, 인상을 찌푸리고 있었다.

사우디 대사가 물었다.

"박 과장, 이리 무례하게 계속 길을 막고 계실 겁니까?"

그제야 박 과장은 다급히 길에서 물러났다.

"실례했습니다."

집사가 말을 이었다.

"번거롭게 해드렸다면 죄송하구려. 그리고 협조해 주셔서 감사하오."

그는 웃으며 박 과장에게 양해를 구했다.

그건 어디까지나 그의 입장일 뿐, 박 과장도 얼굴에 웃음을 띠고는 있었지만 생각은 달랐다.

'젠장, 그럼 조용히 오라고! 압둘을 만날 거면 너희 동네에서 만날 것이지. 여기는 왜 와?'

그는 긴장감으로 인해 머리가 멍해지는 듯했다.

하지만 그라고 모르랴!

그처럼 거물급이 오는데 외교부에서 모르는 것이 오히려 이상한 것이리라!

하나 생각을 입 밖으로 내었다가는 개인의 앞길은 물론 국제적인 문제가 될 것이다.

'일단 나는 할 수 있는 데까지 했다고.'

그가 한숨을 내쉬며 고개를 조아렸다.

"그럼 좋은 시간 되시기를."

상대방도 고개를 숙이며 말했다.

"배려에 감사드립니다. 그럼."

대사가 길을 안내하기 위해 알리에게 손을 내밀었다.

알리의 발걸음은 곧바로 박람회장으로 향했다.

뭔가 화나는 것이라도 있는 듯 그의 발걸음이 쿵쾅거렸다.

알리가 물었다.

"대사! 어디 있나?"

"압둘 왕자님이시라면 귀빈 휴게실에서 쉬고 계십니다. 어찌할까요?"

그가 생각하는 지인은 압둘밖에는 없었다.

그래서 그곳으로 갈지, 모셔올 것인지를 묻는 것이리라.

"그런 배신자 따위는 필요 없어!"

알리는 툴툴거렸고 내막을 아는 집사가 조용히 그에게 귀띔을 했다.

"김성훈이라는 분이 계실 것이네. 여기서 박람회를 한다고 들었네만."

"음, 김성훈이라니……."

그에게 성훈은 갑돌이로 기억되고 있었다.

"어제 스티브와 함께 인터뷰를 한……."

"아!"

그제야 갑돌이의 본명이 성훈이라는 것이 떠올랐다.

하지만 왜 알리 왕자가 그를 찾는단 말인가?

그리고 왕가의 수석 집사가 왜 이곳을 왔다는 말인가?

'왕가의 대소사가 아니면 움직이시지 않는 분께서.'

왕자가 찾으니 그곳으로 모시면 될 일이지만, 그는 궁금증을 참을 수 없었다.

집사에게 소곤거리며 물었다.

"수석 집사님, 그런데 무슨 연유로 그 친구를 찾으시는지?"

집사의 안색이 변했다.

"친구? 감히!"

대사의 얼굴이 사색이 되었다.

집사도 집사 나름이 아니던가?

그를 일개 집사로 본다면 그건 크나큰 오산이다.

그는 알리 왕자를 거의 키우다시피 한 인물이었다.

그는 현 사우디 국왕에게 가장 신뢰를 받는 사람으로 그의 말 한마디면 대사는 물론이고, 장관 모가지라도 열 번은 치고 남을 정도로 영향력이 있었다.

대사가 어찌 긴장하지 않을 수가 있으랴!

"아니, 그게, 아크람 수석 집사님."

돌처럼 굳은 집사의 얼굴을 보고, 대사는 다급히 해명을 했다.

"워낙 그분께서 저를 비롯한 다른 대사들에게 친근하게 대하시는지라…… 실수를 했습니다."

"이번만 모른 척 넘어가 주지. 왕자님 앞에서는 입조심을 해야 할 거야."

그가 근엄하게 말을 이었다.

"성훈 님은 우리 왕가의 문장을 새롭게 디자인해 주신 분이시네. 그 일로 인해, 3왕자님께서 전하의 총애를 받는 계기가 되었지. 왕자님께는 친우나 다름없는 분이신데, 뭐라! 친구! 왕자님과 친구를 하겠다는 말인가? 자네가 감히!"

말을 하다 보니 또 화가 났던 것인가?

집사의 목소리가 올라가자 대사가 거듭 머리를 조아렸다.

"그런 분이신 줄 전혀 몰랐습니다. 워낙 소탈하신 분이시라, 정말입니다."

"알았으면 되었네. 안내나 하게. 어디 계신가?"

"저기서 박람회를 진행하고 있습니다. 제가 자리를 알고 있으니, 안내하겠습니다."

성훈을 찾는 것은 쉬우리라.

제일 사람이 많이 몰린 곳으로 찾아가면 되는 것이니 말이다.

그때, 압둘이 나타났다.

마치 기다리기라도 한 듯 칼 같은 등장이었다.

"어이! 압둘, 초대받지 못한 자! 여긴 왜 왔어?"

놀리는 듯한 말에 알리의 얼굴이 붉어졌다.

"너는 친구라는 녀석이! 이런 일이 있으면 내게 연락을 했어야 하는 것 아니냐?"

"내가 너한테 연락을 했어야 하는 거냐? 왜?"

압둘이 얼굴을 들이대자 알리의 얼굴이 더 험상궂어졌다.

압둘은 간만에 알리를 만나서 신이 난 모양이었다. 왕자의 체통을 생각해 더 놀리지 못하는 것이 억울한 모양새였다.

집사가 그들 사이에 끼어들었다.

"압둘 왕자님, 못 본 새 더 얼굴빛이 좋아지신 것 같습니다."

압둘이 뜨끔 놀래며 뒤로 물러섰다.

"이크! 아크람 집사님도 오신 겁니까?"

"네, 왕가의 은인을 뵙고자 노구를 이끌고 왔습니다."

"아! 그랬군요, 그럼 저리로⋯⋯."

당황한 압둘이 허둥지둥 안내를 하려 하자 집사가 말했다.

"그리고! 친구 사이라고 하여도 그런 말투는 사적인 자리에서만 하시라고 거듭 권고를 드렸습니다만⋯⋯."

압둘이 억울한 표정으로 알리를 노려보았다.

'이 노인네가 왔으면 진작 말을 할 일이지.'

타국의 왕자인 압둘은 둘째 치고, 그의 아버지 쿠웨이트 국왕마저도 감히 하대하지 못하는 유일한 평민이 사우디 왕가의 수석 집사였다.

알리가 기세등등하게 웃었다.

'그럼 네놈이 안 나타났겠지. 혼 좀 나 봐라, 압둘. 크크크.'

집사가 말을 이었다.

"왕자님께서도 성훈 님께서 우리 왕가의 은인인 줄 아실 터!"

캐물으려 하는 집사의 움직임이 보이자, 압둘을 급히 둘러댔다.

그는 어깨를 으쓱하며 너스레를 떨었다.

"에이, 억측이에요, 억측! 제가 뭐 성훈이 하는 줄 알았겠어요? 현재건설 곽 이사가 초대하기에 온 것뿐이죠."

그는 곽 이사에게 책임을 떠넘겼지만 아크람은 그의 눈빛만으로도 정황을 파악할 수 있었다.

기는 개구리는 솔개가 무엇을 보는지 모르는 법.

집사가 뚱한 표정으로 말했다.

"기억하고 있겠습니다, 압둘 왕자님."

"집사님, 그런 사소한 걸 기억하셔서 뭘 하겠습니까? 저도 미처 말씀드리지 못한 것이 있으니, 제가 안내하겠습니다, 이리로……."

쿠웨이트 왕자, 압둘이 안내역을 자처하고 나섰다.

◆

가이드를 하고 있는데 뒤에서 수군거리는 소리가 들렸다.

'또 누구야?'

난 내 가이드에 집중하지 않는 게 가장 짜증 난다고!

압둘 때도 이런 소란은 없었는데, 어디 대통령이라고 온 거야?

뒤돌아보니 각국의 대사들이 서로 앞다퉈 어떤 노인에게 인사를 건네고 있었다.

"집사님, 이 먼 곳까지 웬일이십니까?"

"건강이 좋지 않다는 말씀을 들었는데, 어찌……."

대사들은 다 아는 사람인 모양이었다.

오히려 직급이 안 되는 사람들은 누군지를 몰라, 어리둥절해하고 있었다.

그 옆의 알리가 보였다.

'알리의 지인인 건가? 그런데 집사?'

그렇다면 알리가 주목을 받아야 마땅하건만, 대사들에게 존경의 시선을 받는 이는 집사였다.

알리도 나를 알아보았다.

"성훈, 오랜만이네."

그러자 그 늙은 집사의 눈길도 내게로 향했다.

그가 몸을 이끌고 내게로 다가왔다.

"성훈 님이십니까? 사우디아라비아 왕가의 수석 집사, 아크람이라고 합니다."

'아! 아크람!'

사우디에 관심이 없는 나라도 알 정도로 그는 대단한 사람이었다.

회귀 전 그가 타계했을 때, 중동 지역의 모든 지도자가 슬퍼했을 정도로 영향력이 있는 인물.

사우디의 국왕조차도 한동안 식음을 전폐할 정도로 그를 사랑했었다.

그런 인물이 여기에 왜?

알리는 내가 그를 모를 것이라 생각했던지 친절하게 설명하고 있었다.

"우리 왕가의 수석 집사인 아크람일세. 궁의 원로시고 웬만한 일이 아니면 움직이지 않는다네. 그래서 아는 사람보다 모르는 사람이 더 많아."

"그런데 그런 분이 왜 여길 오신 겁니까?"

"아무리 오라고 해도, 자네가 안 오니까 그렇잖아!"

뜬금없는 대답이었다.

'당신이 오라고 하면 가야 하는 거냐?'

사우디는 한 번으로 충분했다.

중동의 건조하고 후끈한 기후는 마음에 들지 않았다.

오히려 똑같은 후끈함이라도, 지중해 쪽이 나와는 맞았다.

'어쨌거나 제일 큰 이유는 뛰고 싶지 않았던 거였지만!'

그에게 물었다.

"그 말과 지금 이 상황이랑 무슨 상관이냐고요."

"집사는 우리 왕가의 문장을 리뉴얼한 이방인에 대해 많이 궁금해했다네."

대사들의 탄성이 터져 나왔다.

"지금까지 베일에 싸여 있던 인물이 아닙니까?"

"알리 왕자의 지인이라고만 알려져 있었는데, 그 사람이 여기 이, 성훈 군이라고요?"

"그럼 왕가의 문장이 바뀌었던 이유가 성훈에게 있었단 말입니까?"

지난 삶에서 충분히 남에게 휘둘리며 살았다.

이번 삶에서만큼은 휘둘리고 싶지 않아. 내가 휘둘렀으면 몰라도 말이다.

자기소개가 끝났다고 생각했는지 아크람이 내게 말했다.

"제가 죽기 전에 꼭 왕가로 모셔 와 은혜에 보답을 하고 싶었지요."

아주 정중하면서도 권위 있는 모습이었다.

뭐랄까?

'거절'을 '거부'하는 아우라가 있다고 할까?

그가 말했다.

"지금껏 은인을 만나 뵙기를 원했지만 알리 왕자님께서 극구 반대를 하셨습니다."

알리가 내게 눈짓했다.

'거 봐! 난 잘못 없다고.'

"은인께서 원치 않으셨다고 들었습니다."

"네, 맞아요."

"은인만의 이유가 있으셨을 거라 생각합니다."

그가 차분한 목소리로 말을 이었다.

"하지만 스티브 감독과의 인터뷰를 통해 얼굴을 알리셨으니, 그 금제는 풀린 것이 아닙니까?"

그가 정곡을 찌르는 질문을 하며 내 대답을 기다렸다.

그동안 기본이 부족하다 생각하며, 나를 감춰왔던 것이 사실이었다.

'이 박람회를 통해 나를 드러내려 했었지.'

눈앞의 이 노인은 그런 내 심정을 꿰뚫어 보듯이 아는 것 같았다.

그랬으니 2년이 다 되어가는 시간 동안 한마디도 건네지 않고 있다가 징후가 드러나자 득달같이 달려왔을 것이다.

찌르르르.

등줄기로 흐르는 전율이 귓가에 들렸다.

'세상에는 이런 인물이 널려 있다는 건가?'

그저 그런 인물인 줄로만 알았다.

그저 아랍이라는 동네에서 존경 좀 받는 사람인 줄 알았다고.

하지만 그건 내가 지난 삶에서 신문으로 읽었던 사실을 기반으로 한 내 편견이었다.

실제의 그는 내 생각과는 전혀 다른 인물이었다.

'과연 내가 그에게 정면으로 승부를 붙는다면, 나는 과연 살아남을 수 있을까?'

팔순에 가까운 그는 겸허하지만 당당했고, 머리는 셌으나 눈빛은 이십 대 못지않게 형형했다.

손자는 '지피지기백전불태'라 했건만 나는 그를 십 분의 일, 아니, 백 분의 일도 모르고 있었다.

그런 그를 지금 피해 간다고 별다른 수가 있을까?

'아니, 피할 수나 있을까?'

스티브의 인터뷰가 방송되고 나서 처음으로 나를 방문한 사람이었다.

'지금 도착을 할 정도라면 적어도 방송을 보자마자 사우디에서 바로 출발했다는 말이잖아.'

일단은 정면 돌파!

그를 직시하며 말했다.

"맞습니다, 정확히 보셨군요."

원하던 대답이기 때문이었을까?

그가 온화한 웃음을 지었다.

"다시 한번 은인께 인사드립니다. 사우디아라비아 왕가의 수석 집사, 아크람입니다."

한층 더 정중한 목소리의 인사였다.

그에게 물었다.

"왜 자꾸 제게 은인이라 하십니까? 저는 딱히 왕가에 은혜를 입힌 적이 없습니다."

부담스러움을 드러냈다.

관계에 있어서 부담이란 걸림돌과도 같은 것.

친구 사이든 남녀 사이든 마찬가지 아닐까?

하지만 그는 이제는 트레이드 마크로 보이는 예의 온화한 웃음을 보이며 답했다.

"성훈 님께서 디자인한 문양은 국왕께서 감탄할 정도였습니다. 대번 왕께서 국가의 문장을 바꾸라 명하셨으니까요."

'이러니까 부담되는 거라고!'

내게는 그 문양이 크게 중요한 것이 아니었다. 애초부터 그것은 압둘에게 패배한 알리를 달래기 위해 땜빵용으로 급히 만들었던 거였다

물론 결과물은 땜빵의 품질이 아니었지만.

보는 사람의 관점에 따라, 해석자의 견해에 따라 똑같은 꿈이라도 해몽이 다르지 않던가?

요행히 운때가 맞아, 그렇게 된 것이었다.

'얼어걸린 게 이렇게까지 돼 버리면 왠지 목에 걸릴 것 같다고.'

지금 같은 경우는 걸려도 크게 걸린 거였다.

능력 이상의 것을 바라는 것은 죽음으로 가는 지름길이었다.

지금 이대로만 가도 충분히 밝은 미래가 기다리고 있는데, 쓸데없는 무리를 할 필요가 없었다.

'선을 그어놓지 않으면 곤란하겠는걸.'

그에게 말했다.

아마 이때의 나는 지극히 사무적이었던 것 같다.

"아크람 집사님, 그땐 운이 좋아서 그렇게 된 것뿐입니다."

"운이라…… 운이라 말씀하셨습니까?"

그는 내 말을 음미하듯 곱씹었다.

고개를 끄덕이며 덧붙였다.

"네, 운이었던 거죠. 저는 은혜를 입히고자 하는 의도는 전혀 없었고, 지금도 마찬가지입니다."

단호하게 말하며 속으로 쾌재를 불렀다.

'운이라는데 뭐라고 할 거야. 사실이기도 하고.'

그가 눈을 지그시 감고 물었다.

"은인께서 말하는 운이란 이런 거겠지요."

그는 시를 읊조리듯 말을 이었다.

"오십 년 전이었습니다. 별조차 숨어버린 칠흑 같은 사막의 밤이었습니다. 상단에서 서기로 일하던 저는 실수로 일행에서 떨어지고 말았습니다. 저는 곧 죽을 거라는 것을 알고 있었죠. 사막의 밤은 자비를 모르니까요."

"그때 저는 선택을 해야 했습니다. 그 자리서 죽을지, 아니면 무작정 걸어가다 죽을지. 절망적이었지요. 사막에서 별을 볼 수 없다니 말이죠. 그런 경우는 거의 찾아볼 수 없는 일이니까요. 그때 저는 알라께 버림받았다고 생각했습니다."

고개를 갸웃했다.

'왜 느닷없이 신앙 고백이야?'

그가 말을 이었다.

"절망감에 저는 비척거리며 정처 없이 떠돌았습니다. 버림받은 제가 죽는다고 한들, 알라의 품에 안길 자격이 있을까요? 무슬림들에게 알라는 시작이자, 끝이 되시는 분이니까요. 길을 잃어버린 저는 사흘 밤낮 동안 황야를 헤매야 했습니다. 낮에는 이프리트조차 참을 수 없는 갈증으로, 밤에는 죽음을 종용하는 샤이탄의 마수를 견디며 사흘이 지났을 때, 저는 탈진하고 말았습니다."

알리와 압둘은 그 내용을 알고 있는 모양이었다.

그들도 눈을 감고, 아크람의 이야기를 귀 기울여 경청하고 있었다.

"그렇게 죽음의 문턱에 발을 걸치고 있는 저를 구해주신 분이 있었습니다."

세상에 그런 운이 있을까?

하지만 그의 말은 끝나지 않았다.

"그분은 선선선대의 국왕이셨습니다. 그리고 지금의 저는 사우디아라비아의 국왕의 집사가 되었습니다."

그 스스로 집사라 하나, 그 권위는 장관을 능가할 정도였다. 국왕 말고는 아무도 그를 건드릴 수 없었으니 말이다.

아니, 어쩌면 지금의 국왕도 그를 함부로 하지 못할 것이다.

그는 선대의, 그 선대의, 다시 선대의 고명대신이었다.

죽을 자가 되살아나 국가에서 존경받는 집사가 되었으니, 운이 좋다고밖에 말할 수 없다.

그가 물었다.

"저는 얼마나 운이 좋은 사람입니까? 그렇지 않습니까?"

인정하지 않을 수 없었다.

나 김성훈도 새로운 인생을 살고 있으니 운이라면 질 수 없지만 그의 운도 나 못지않았다.

그의 말에 고개를 끄덕였다.

"네, 그렇다고 할 수 있죠."

그는 사막의 태양처럼 환하게 웃으며 말했다.

"은인! 우리는 그것을 일컬어, 알라의 뜻이라 말합니다."

'왜 이야기가 그렇게 흐르냐고요!'

다급히 반박했다.

"집사님, 그건 경우가 다르지 않습니까?"

하지만 그는 태연하게 대꾸했다.

"저는 집사가 되기를 의도한 적이 없습니다."

나를 보며 말을 이었다.

"제 인생은 제가 의도한 대로 된 적이 한 번도 없습니다."

'이거 심각한데. 이런 논리로 접근하면 꼼짝없이 그의 의도대로 된다고.'

종교보다 더 논리적이지 않은 게 또 있을까?

그가 못을 박았다. 지극히 종교적인 관점에서.

"알라를 신봉하는 자가 그의 뜻을 따르지 않는 것은 곧, 믿음을 저버리는 행위입니다."

'하이고 돌아가시겠네.'

"그깟 문······."

말을 하다가 다급히 입을 닫았다.

그깟 문양이 지금은 사우디 왕가의 문장이었다.

침이 꿀꺽 넘어갔다.

'큰 실수를 할 뻔했네.'

내가 만든 거지만 지금은 내 것이 아니었다.

입술을 혀로 한 번 핥고는 말을 이었다.

"제가 뭐 그렇게 대단한 일을 했다고 초대까지 하시려는 겁니까?"

"비록 의도는 없었다 할지라도, 그 결과가 알라의 뜻을 대신했으니 성훈 님은 제게 은인이 맞습니다."

답답한 마음을 토로했다.

"그러니까 그 문양이 뭘 했느냐고요. 그리고 저는 알리 왕자님께 문양의 대가를 받았다고요."

"그 문양 하나에 왕가가 화목해지고 질서가 잡혔으니 그 결과가 적다 할 수 없겠지요. 제가······ 몇십 년 동안 이루고자 노력했던 것입니다."

"하지만······."

"왜 그런지는 모릅니다, 하나······. 그 문양을 국왕께서 선택한 뒤로는, 제가 할 일이 없을 정도로 궁이 화목해졌습니다."

평온한 어조였지만 그의 음성은 떨리고 있었다.

그에게 내가 만든 문양이란, 부적 비슷한 느낌이었던 것 같다.

그것도 만사형통의 부적!


아크람이 말을 이었다.

"제가 아까 말씀드렸었지요. 제 인생은 의도한 바대로 된 적이 한 번도 없었다고."

노 집사의 침통한 음성이 내 가슴에 맷돌처럼 얹혀졌다.

답답한 마음에 알리를 바라보았다.

'어떻게 좀 해봐요. 이 양반아!'

알리가 나서며 말했다.

"아크람, 성훈에게 너무 부담을 주지 말아요. 녀석은 은혜라고 하면 불편해한다고요."

사실 알리라고 왜 연락을 하고 싶지 않았을까?

몇 번이나 사우디에 들르라고 말하지 않았던가?

돈으로 가능했다면 벌써 했을 것이다.

하나 압둘의 말을 들어본 결과, 그건 불가능하다는 것을 알았다.

스포츠카도 싫다, 요트도 싫다.

거의 강제로 안기다시피 한 게 시계 하나였다.

그것도 가격을 속여가면서 말이다.

압둘이 말했었다.

'내가 선물하면서 마음 졸이기는 살다 살다 처음이었다고.'

그 내력을 아는 알리는 그 실수를 반복하고 싶지 않았다.

그래서 유야무야 미루던 것이 지금까지 온 것이었다.

아크람이 엄한 눈으로 알리를 바라보았다.

"왕자님, 은인께 녀석이라니요."

"하지만……."

"저를 존중하고자 하는 마음이 조금이라도 있으시다면, 제 앞에서는 그런 말씀을 말아주십시오."

사막의 카라칼이라 불리는 알리 왕자가 집사 앞에서 쩔쩔 매고 있었다.

압둘이 그의 옆구리를 찌르며 눈치를 줬다.

'그냥 가만히 닥치고 있으라고.'

알리가 모래 삼킨 조개마냥 입을 닫았다.

아크람이 다시 내게로 눈을 돌렸다.

"왕자님께서 드린 그깟 돈 몇 푼이 어찌 왕가의 화목과 비교할 수 있겠습니까?"

'어째 몇억이 저 동네만 가면 몇 푼이 된단 말이야.'

진지한 상황이었지만, 마음속으로는 웃음밖에 나오지 않았다.

그 돈을 벌려고 아등바등하는 것도 우습고.

아크람의 말이 들려왔다.

"어쩌면 이게 제가 제 주인께 해드릴 수 있는 마지막 보답 일지도 모릅니다."

'엥, 저게 무슨 소리지?'

"집사님, 그게 무슨 말씀이십니까?"

그가 처연한 목소리로 말했다.

"이 늙은이가 이제 나이가 많아, 언제 알라의 부르심을 받을지 알 수 없습니다, 성훈 님."

'저 노인네가 누구 앞에서 구라를……'

내가 지난 삶에서 당신의 부고를 본 게, 채 삼 년이 안 되었다고!

그때 내가 굉장히 부러워했었거든.

'아따 그 양반, 오 년 정도만 더 살았으면 한 세기를 채웠을 텐데.'

지금 팔순이 지났으니, 구십을 넘겨서 타계한 것으로 알고 있었다.

그 말은 곧, 앞으로도 십 년은 넉넉하게 산다는 말이었다.

그러나 거짓말은 아니었다.

자기 수명을 정확히 아는 사람은 존재하지 않을 테니까.

"내일이라도 알라의 부름을 받는다면……."

하지만 이 자리에서 이런 말을 할 수는 없잖아.

'내가 이 노인이 언제까지 사는지 안다고!'

그리고 이미 분위기도 내 편이 아니었다.

처음부터 그의 편이었던 아랍인들, 지금은 각국의 대사들까지 아크람의 이야기에 빠져 있었다.

'그의 부탁을 들어주지 않으면, 몰염치한 놈이 되게 생겼다고.'

어쩌다 이렇게 일이 꼬였는지.

하지만 아직 나는 저 아크람이라는 사람을 제대로 파악하지 못했다.

'저 온화한 말을 어디까지 믿을 수 있을까?'

내가 의심이 많은 것일까?

사우디의 왕좌는 세 번이나 주인을 바꿨지만, 그 왕국의 수석 집사는 50년이 지나도록 한 번도 바뀌지 않았다.

세 번의 왕위 다툼 속에서 살아남은 사람이었다.

그리고 그는 아랍 정치 세계의 중추에서 중재를 담당했을 것이다.

'그럼에도 정치의 전면에 나선 적이 없었으니, 뒤에서 관계들을 조종했겠지.'

비록 집사의 신분이나, 젊은 시절부터 왕을 보좌하며 중동의 나라들과 폭넓은 교류를 해왔고, 그것을 바탕으로 아랍 국가들의 전쟁을 막아 왔다.

어찌 그런 사람이 보통 사람일 수 있으랴!

'그는 문양 하나의 은혜를 말하지만 다른 내막이 있을지도 몰라.'

그가 죽었을 때, 사우디와 적대적인 아랍의 국가들조차도 그의 생에 있어서만큼은 흠집 하나 남지 않기를 기도했을 정도이니 비열한 삶을 살지는 않았을 것이다.

'아니, 오히려 깨끗한 삶을 살았지.'

그러나 열 길 물속은 알아도, 사람의 마음은 모르는 법.

나 같은 범인이 상상하지 못할 이유 말이다.

내 고민을 간파한 것인가?

아크람이 부드러운 목소리로 말했다.

"은인이시여, 저는 주인이 세 번 바뀌는 동안, 알라의 뜻을 받들어 처신했고, 제 양심에 어긋난 짓을 해본 적이 한 번도 없습니다. 또한 사람을 대함에 있어, 맹세코 표리부동한 행동을 보인 적도 없습니다."

과연 그런 사람이 있을 수 있을까?

의문이 들었지만 알리나 압둘은 그가 자신들의 일인 양, 자부심이 넘치는 표정으로 고개를 끄덕이고 있었다.

'휴, 부처 앞에 손행자가 된 기분이네.'

짧은 만남이었지만, 그는 내게 파격이 무엇인지를 몸소 보여 주었다.

명예와 권위를 가진 자가 쉽게 빠지는 자가당착, 강요하지 않아도 결과적으로 강요가 되는 것!

아크람은 내게 어떤 강요도 하지 않았다.

지극정성으로 부탁을 했을 뿐이다.

자연히 마음속의 저울은 아크람에게로 눈금을 옮겨 가고 있었다.

아크람.

그는 간교한 혀를 가진 모사가 아니었다.

오히려 현자에 가까웠다.

얄팍한 수단 없이 정석으로 상대를 하되, 진심으로써 상대를 감화시키는 타입.

이제는 몸에 밴 듯, 자연스러운 겸손함.

공자가 말했던가?

이미 천명을 알았고(知天命), 귀가 순해지는 단계를 지나(耳順), 하고자 하는바 그 뜻대로 행하여도 법도에 어긋나지 않는다는 '종심소욕 불유구(從心所欲 不踰矩)'를 몸소 보여 주고 있었다.

그의 입에서 나오는 말들은 이기적이지 않았다.

'그가 나를 데려가면 아크람 자신에게 어떤 이득이 있을까?'

그의 목표는 단지 그의 주인인 국왕을 기쁘게 하는 것이었다.

다른 목적이 보였다면 아마 거부했겠지.

아니면 다음에 답변을 주겠다고 했던지.

'은인이라고 부르면서, 그 자리서 해코지를 할 미친놈은 없거든!'

전 세계의 대사관들과 기자들이 모여 있었단 말이지.

나중에 해코지를 하면 어떻게 하냐고?

'흥! 그때쯤 되면 난 이미 대비가 되어 있을 거라고. 그때

는 되레 상대가 큰코다치게 될걸!'

결심을 굳혔다.

이런 사람이라면 그의 진심을 확인하는 데 약간의 손해 정도야 감수해도 괜찮지 않을까?

아니, 그를 믿어보고 싶었다.

'까짓것 한 번 가 주면 되는 거잖아.'

마음이 변하면 말투도 따라서 바뀌는 것인가?

한층 부드러워진 목소리로 말을 건넸다.

"집사님, 제게 원하시는 게 뭡니까?"

그가 인자한 미소를 보였다.

"제 부탁을 들어주시는 겁니까?"

떼쟁이 손자를 이제야 달랬다는 듯 자비롭기 그지없었다.

'꺼내지 않았으면 몰라도 꺼낸 이상은 지킨다.'

당당하게 고개를 끄덕였다.

"네, 상식으로 납득이 불가능한, 비합리적인 것만 아니라면 말입니다."

그가 내게로 천천히 걸어왔다.

"이 아크람, 누구에게도 상식에 어긋나는 말을 한 적은 없습니다."

내 앞에 서더니, 그는 자신의 팔에서 팔찌를 빼어 들었다.

"성훈 님, 팔을 내밀어 봐 주시겠습니까?"

"왜요? 그게 뭔데요?"

"이 팔찌는 선선선대 국왕께서 제게 처음으로 하사하신 물건입니다. 과분하게도 친구의 증표라 하시며, 저를 감동시키셨지요."

손에 든 팔찌를 보며 그는 말을 이었다.

"저는 반백 년의 세월 동안, 하루도 이 팔찌를 몸에서 떼어 본 적이 없습니다."

팔찌 또한 세월을 말하고 싶었음인가?

찬란해야 할 금의 광택은 간데없고, 은은한 시간의 흔적들만이 팔찌에 자욱했다.

그 팔찌는 분명히 아크람의 보물이었다.

그는 내게 인생의 보물을 내밀고 있었다.

"그런데, 그런 귀한 걸 왜 제게……."

나는 팔찌를 통해 전해지는, 오랜 세월의 농축된 무게감에 적잖이 당황할 수밖에 없었다.

그가 은근하게 웃었다.

"보아하니 성훈 님께서는 많이 바쁘신 것 같습니다."

"그야……."

벌려놓은 일이 많으니 수습에 바쁠 것이고, 그나마도 앞으로 벌일 일에 비하면 새 발의 피였다.

내 마음을 안다는 듯 고개를 끄덕였다.

"아직 젊으시잖습니까? 이제 겨우 시작에 불과하겠지요."

민망한 미소를 지었다.

"그렇죠, 뭐!"

"성훈 님의 의도는 아니겠으나, 이 늙은이와의 약속을 잊으실까 염려되어 이리 무례를 범합니다."

그는 시계가 없는 다른 손목에 팔찌를 채웠다.

이거 완전 고단수가 아닌가?

'그래서 내게 팔찌를 끼우시겠다? 매번 볼 때마다 생각이 나도록?'

그가 안도의 한숨을 내쉬며 말했다.

"늙은 제게는 헐렁했건만, 성훈 님께는 꼭 맞는군요. 잃어버리지는 않을 것 같아 심히 마음이 놓입니다."

사소한 말 한마디에도 구구절절 진심이 흘러나왔다.

부담되는 선물이었지만, 이제 와서 싫다고 물리칠 수도 없는 일.

'그래도 이게 어디야. 언제고 마음 내킬 때 가면 되는 거잖아.'

나도 안도의 한숨을 내쉬었다.

'얼마나 긴장되었는지 알아?;

그의 부탁은 사우디아라비아 왕의 말과도 맞먹을 정도로 권위가 있었다.

"걱정 마십시오. 잘 간수하겠습니다."

그의 손을 다독이며 아크람을 안심시켰다.

내 약속에 그가 웃으며 말을 이었다.

"저는 제 주인께서 하사하신 이 팔찌를 알라의 부름을 받을 때, 제 팔에 끼고 가고 싶습니다."

'엥! 이건 또 무슨 말이야?'

미간을 모으며 고개를 갸우뚱했다.

'주는 거 아니셨습니까?'라는 의미의 눈빛을 보냈다.

그가 목을 뒤로 빼며 미간을 좁혔다.

'설마요?'

아크람은 시치미를 떼며 말했다.

"다만 걱정인 것은 이 늙은 몸이 얼마나 버틸지를 알 수 없습니다. 내일이 되어 알라의 부름을 받을지, 아니면 다음 달이 될지."

액면으로 봤을 때는 당장 한 시간 후에 생을 다한다 해도 호상이라 할 정도의 노구였으니 그의 말은 제법 설득력이 있었다.

그저 내가 황당했을 뿐이지만.

'하긴! 아크람이 준다는 말은 하지 않았지.'

내가 지레짐작을 했을 뿐이다.

그가 말을 이었다.

"언제가 될지는 모르나, 이 늙은이 온 힘을 다해 내년의 황혼이 저물 때까지는 버티어 보겠습니다. 콜록."

지금까지 안 하던 기침은 왜 또 하는 건지?

홀이 대중들의 안타까운 시선으로 가득 찼다.

그가 기침을 갈무리하고 온화한 미소로 물었다.

"이 염치없는 노인의 무례한 부탁을 들어주시겠습니까?"

'이게 선물이 아니라, 일 년 한정 시한폭탄이었단 말이야?'

군중의 시선이 내게로 몰렸다.

'어떻게 할 거냐?'는 물음의 눈빛!

'살날이 얼마 남지도 않은, 저 늙은 집사의 부탁을 매정하게 거절할 거냐?'

그들의 눈이 내게 묻고 있었다.

'이런 기가 막히고, 코가 막힐 일이!'

황당한 눈으로 아크람을 직시했다.

여전히 그는 인자한 미소를 보이고 있었다.

대중들에게 이렇게 항변하고 싶었다.

'이 노인네가 언제 죽는지는 내가 잘 안다고!'

적어도 앞으로 십 년 이상, 그는 정열적으로 아랍의 발전을 위해 일할 사람이었다.

하나 무슨 말로 이 관중들을 설득할 텐가?

'큭, 부탁을 들어준다고 할 때부터 호랑이 등에 탄 거나 마찬가지였어.'

아크람의 능구렁이 뺨치는 솜씨에 혀를 내둘렀다.

이렇게 코가 꿰일 줄이야, 상상이나 했겠어?

선택은 하나뿐이었다.

'이런 부탁을 거절했다가는 남은 선택은 적이 되는 것 하나밖에 없다고.'

아크람의 적이 아니라, 그를 추종하는 자들의 적.

어쩌면 알리와 압둘조차도 내게서 등을 돌릴지 모른다.

'아크람의 존재감을 가늠해 본다면 당연한 걸지도.'

존경해 마지않는 인물의 정중한 부탁을 거절하는 자와 어찌 동행할 수 있겠는가?

내 대답을 이미 알고 있는 듯, 알리가 흐뭇하게 웃고 있었다.

'내가 부를 때는 그렇게 안 오더니 쌤통이다, 녀석아!'

그의 눈에서 참깨가 볶아지는 것 같았다.

압둘도 마찬가지였다.

'얼른 받아! 저 어르신, 화나면 무서워.'

겁을 주는 듯하면서도, 상황을 즐기고 있었다.

'큭, 이 사람들이 이렇게 나왔다는 말이지? 두고 보자.'

하지만 마땅한 대안이 없었다.

민수를 슬쩍 쳐다봤다.

'실제로 디자인을 그린 건 너잖아! 조각도 네가 했고.'

민수가 고개를 모로 돌렸다.

'젠장!'

별수 있어? 고개를 끄덕였지.

"네, 꼭 되돌려 드리도록 하겠습니다."

집사가 감격한 눈으로 하늘로 고개를 들었다.

"알라시여, 감사합니다."

그가 내 양손을 부여잡고 당부했다.

"이 늙은이의 보물이오니, 부디 잃어버리지 마시고 온전히 돌려주시길 부탁드립니다."

백발의 노인이 내게 고개를 숙였다.

"네, 알겠습니다, 집사님. 꼭 약속을 지키도록 하겠습니다."

할 일을 마치니 긴장이 풀렸던 것인지 그의 노구가 비틀거렸다.

알리와 압둘이 재빨리 다가와 그를 부축했다.

"그러게 집사! 내가 한다고 했잖아, 왜 고집을 부려! 몸도 안 좋은 사람이."

알리의 타박에 집사가 몸을 꼿꼿이 세웠다.

"놓으십시오, 왕자님. 제가 부축이나 받을 정도로 약해 보이십니까? 박람회가 끝날 때까지 이 두 다리로 서 있을 겁니다."

뭐! 박람회가 끝날 때까지?

오늘 마지막 날이라고! 당신한테 모든 시선이 모일 건데!

그리고 건강이 더 나빠지면?

'나는 시도 때도 없이 사우디 궁궐이 어떻게 돌아가는지 신경 써야 할 거야. 그건 못해!'

알리를 향해 부리부리한 눈빛으로 항의했다.

'알리, 당신! 이렇게 나를 골탕 먹이고도 성할 수 있을 것 같아?'

아크람이 어려운 거지.

알리 정도는 내가 휘두를 수 있다고.

노회한 아크람에 비한다면 압둘이나 알리는 그야말로 말랑말랑 순둥이들이었다.

협박의 눈길에 알리가 움찔했다.

그가 초조한 눈빛으로 아크람을 압박했다.

"이제 돌아가세요, 아크람. 나머지는 내가 할 테니까."

알리의 간곡한 부탁에 집사가 고집을 꺾었다.

"아이고, 허리야. 그럼 먼저 돌아가 있을 테니. 얼른 일을 마치고 돌아오십시오."

집사가 발길을 돌리기 전 나를 향해 인사했다.

"그럼 이른 시일 내에 뵙기를 희망하겠습니다, 성훈 님. 콜록! 콜록! 콜록!"

하여간 편할 대로 나오는 기침이군.

그러나 그에게 아랍 원로에 대한 예의를 갖춰 정중하게 인사했다.

"네, 알겠습니다."

알리 왕자가 아크람을 배웅하기 위해 자리를 나섰다. 그가 압둘을 돌아보며 말했다.

"압둘, 자네는 배웅하지 않는 건가?"

압둘이 아차 하며 따라나섰다.

"내가 그럴 리가 있는가? 같이 가세나."

"그래야지, 당연히."

아크람을 필두로, 아랍인들이 우르르 홀을 빠져나갔다.

'한차례 폭풍이 지나간 것 같군.'

남아 있던 관람객들을 모아, 박람회의 일정을 계속하려 했지만 불가능했다.

항상 내 뒤를 메우던 관객들이 모두 사라진 느낌이 들었거든.

진공 상태가 되어버린 느낌이랄까?

'이건 뭐지?'

아크릴 벽으로 그 원인을 파악할 수 있었다.

약속이라도 한 듯, 그들 모두 내게서 몇 걸음 뒤로 물러나 있었다.

조금 전하고는 전혀 다른 분위기!

'내 옆의 소피와 현주조차도 집중을 안 한다고.'

갑돌이와 모니터를 향해야 마땅할 시선들이 오롯이 내 뒤통수로 집중되어 있었다.

그들의 이글거리는 눈빛에, 뒤통수가 근질거리다 못해 익을 정도였다.

너무 조용하여 집중하는 듯 보이나 은근히 가해지는 무언의 압박.

대충 눈치를 보아하니, 얼른 가이드를 끝내기를 기다리는 눈치였다.

'평소였다면 무슨 관계냐고 편하게 말을 걸어왔겠지. 그

정도의 유대 관계는 만들었다고.'

제일 친근하게 말을 붙이던 미국 대사마저도, 입을 꾹 다물고 나를 지켜보고만 있었다.

'네놈! 정체가 뭐냐?'

스티브와의 인터뷰를 할 때만 해도, '장하다'며 옆집 아저씨처럼 내 등을 토닥였던 사람이었다.

그랬던 그가 말 한 마디 하지 않았고, 그의 다물어진 입은 내게 대답을 종용하고 있었다.

'얼른 말해줘!'

나도 집중되지 않기는 매한가지.

'이런 상황에서 어떻게 집중을 할 수 있냐고!'

거리감이 느껴졌다.

그리고 내 옆의 여성 둘은 여전히 내 팔을 껴안고 있지만, 그 눈은 이계의 존재를 보는 시선이었다.

'이런!'

아크람의 등장!

그 사건 하나가 나와 사람들 사이에 보이지 않는 선을 그어놓았다.

감히 범접해서는 안 될 사람!

딱히 압둘이 남기고 간 경호원 둘 때문은 아니리라.

그들조차도 지금까지와는 전혀 다른 경외의 눈빛을 보내고 있었으니까.

일 대 백의 전투랄까?

다른 세상에 있는 기분이랄까?

'휴, 뜻하지 않게 신고식을 너무 호되게 치르는걸.'

형식적으로라도 가이드를 마감 지어야 했다.

아니나 다를까?

종료를 알림과 동시에 플래시가 터졌다.

그들로서도 많이 기다린 것이리라.

봇물 터지듯 동시다발로 쏟아져 나온 질문이 그걸 증명했다.

"대체 저 아크람 수석 집사와는 어떻게 관계를 가지게 되신 겁니까?"

"사우디 왕가의 문장을 디자인하셨다는데 정말이십니까?"

"정말이시라면 왜 그동안 감추고 계셨던 겁니까?"

"압둘 왕자와도 굉장히 친근한 관계로 보였습니다. 무슨 관계인지 말씀해 주실 수 있으신지요?"

크게 질문을 하면서도 다가오지는 않는다.

단지 한 사람이 왔다 갔을 뿐인데, 나를 보는 시선이 180도 달라졌다.

장점이 될 수도, 단점이 될 수도 있는 양날의 검이었다.

정치가였다면 압도적인 장점이었겠지만.

'내가 하기 나름이겠지.'

그와 동시에 새로운 걱정이 생겼다.

'또 올 사람이 없나?'

아크람은 스티브의 방송을 보고 왔다고 했었다.

'내 기억에는 독일 어딘가에도 내가 방송 타기를 학수고대하는 사람이 하나 있었던 것 같은데?'

화려한 출발을 예상하긴 했지만 결과는 그것을 훨씬 벗어났다.

'이건 도약 정도가 아니라, 수직 상승이라고.'

84장
추종자들(2)

　그나마 다행이라고 할 만한 것은 그의 등장으로 인해 내 작품에 대한 평가가 변하지는 않으리라는 것이었다.

　만약 그가 박람회 초반에 왔다면 논란의 여지가 있었을지도 모른다.

　아랍 부자들의 눈치를 봐서 대상을 주는 것이 아니냐는 그런 논란 말이다.

　'하지만 처음부터 대상은 우리 차지였다고.'

　개장 초반부터 압도적인 인지도로 관객을 끌어모았으니 반론의 여지는 없을 것이다.

　그러니 결과에 딴죽을 거는 사람이 있어도, 저기 멀찍이 서서 나를 지켜보고 있는 외교부 직원들이 알아서 정리해 주지 않을까 하는 생각도 들었다.

'궁금하겠지, 내가 어떤 사람인지?'

어느 정도 파악이 되고 나면 내게 다가와 질문을 던져올 것이다.

기자들의 쇄도하는 질문에 있었던 사실 그대로를 말했다.

이제는 숨길 이유도, 피할 이유가 없었으니까.

사우디로 가게 된 경위, 그곳에서 벌어졌던 일을 간략하게 이야기했다.

'내일이면 또 신문에 내 이름이 오르내리겠지.'

지금의 내 인지도가 실감 나는 순간이었다.

깨고 나니 세상이 바뀌었다고 했던가?

그러나 아직은 내가 생각하는 것과는 목표가 멀었다.

지금의 인지도는 내 주변 사람들에 의해 만들어진 것이었다.

기자들이 묻는 것은 김성훈이라는 인간 자체에 대해 궁금한 것보다는, 알리의 지인, 그리고 압둘과의 관계가 궁금한 것이었다.

'언젠가는 건축가 김성훈이 주역으로 떠오르도록 더 정진해야겠군.'

익은 벼는 고개를 숙인다.

그 금언을 아는 나로서는 더 정신을 차리게 하는 계기가 될 것이다.

나를 드러내고 세상과 부딪칠 시간이었다.

지금까지는 한 교수나 다른 누군가의 그림자 뒤에 숨어서 일을 진행했었다면, 이제부터는 다른 상황이 되겠지.

질투하는 사람도 있을 수 있고, 나를 경계하는 사람도 분명히 생길 것이다.

한 발만 잘못 삐끗하면 그들에 의해 나락으로 떨어질 수도 있었다.

'정신 바짝 차리자고. 이제부터 시작이니까.'

박람회 일정이 끝날 무렵, 압둘이 다시 돌아왔다.

"아크람은 잘 배웅하고 오셨어요?"

내 질문에 압둘이 머리를 절레절레 흔들었다.

"그럼! 그 노인네, 얼마나 잔소리를 해대는지."

오한이라도 걸린 듯 그는 몸을 부르르 떨었다.

'아까는 인상적이었지.'

이 거만한 두 왕자도 아크람 앞에서는, 조련사를 앞에 둔 두 마리 사자처럼 보였다.

그것도 이빨이 덜 자란 새끼 사자!

압둘이 말했다.

"오는 길에 자네를 보고 싶어 하는 사람이 있어서 같이 왔지?"

"누군데요?"

압둘이 돌아보더니 말했다.

"어이쿠, 들어오다가 기자들한테 붙들렸나 보구만. 저기 오네."

반가운 얼굴이었다.

"성훈! 오랜만이야!"

싱글벙글 웃으며 인사를 건네는 이는 마이어였다.

유럽 건축 협회 부회장이라는 직함이 좋기는 한가보다.

비루했던 몸에 적당하게 살이 붙어 보기 좋았다.

"이런 행사가 있었으면 나한테 먼저 연락을 했어야지, 안 그래? 얼마나 자네를 기다리고 있었는데."

나를 껴안고 덩실거렸다.

"원래 계획했던 건 이런 게 아니었어요."

"그런데 스티브 감독과는 어떻게 알게 된 거냐? 미국 쪽으로도 인맥이 있었던 거야?"

그가 궁금해하며 물었다.

"소세키들 기억하세요? 그 사람들이 데리고 온 거예요."

"아! 그 친구들? 미국에서 잘나가고 있다는 이야기는 들었는데 말이야."

"저기 오네요. 소세키 상!"

소세키들과 마이어가 인사를 나누는 사이, 압둘에게 물었다.

"알리는 같이 돌아간 건가요?"

그가 고개를 저었다.

"아니, 공항에서 만날 사람이 있어서 같이 오려고 기다리는 중이지."

하긴 그대로 돌아갈 리가 없다.

일단 사우디에 간다고는 얘기를 해뒀으니, 정확한 일정을 마무리 짓기 위해서라도 돌아올 것이라 생각했었다.

"그렇군요."

마이어 쪽을 보면서 말을 이었다.

"마이어랑은 어떻게 알게 되신 거예요?"

"엉? 내가 말하지 않았었나?"

"뭘요?"

"프랑수와를 후원했다고 했지 않나?"

"그런데요?"

'그거랑 마이어가 무슨 상관이 있다고?'

그는 생각이 다른 모양이었다.

"믿었던 프랑수와 호가 침몰을 했으니, 다른 배로 갈아타야 투자금을 회수할 수 있지 않겠나?"

그가 눈썹을 씰룩거리며 웃었다.

'이 계산 빠른 아랍인 같으니!'

"지는 석양보다는 떠오르는 태양을 후원하는 게 투자의 정석이야."

그가 당연하다는 투로 말했다.

"프랑수아는 팽 당한 거네요?"

"그렇게 투자를 했는데도 그런 결과밖에 내지 못했으니, 그도 할 말은 없을 거야!"

짐작을 했어야 했다.

장사꾼이라면 응당 그리함이 마땅한 것이었지만 그때는 그걸 전혀 예상하지 못했다.

내 과거의 인연들이 하나하나 모여들고 있었다.

자연스레 생각을 하게 되었다.

'코펠은 그렇다 치고, 설마! 그리스 마피아까지 오는 건 아니겠지?'

보스턴 타임스 기자, 제임스가 중얼거렸다.

"대체 저 성훈이라는 친구는 뭐하는 사람이야?"

"그러게, 종잡을 수가 없네. 저런 친구가 왜 아직까지 알려지지 않았던 거지?"

제임스가 까칠한 턱을 긁었다.

"이것 참! 뜬금없이 튀어나왔다는 말이지."

"내 생각도 그래. 저렇게 젊은 사람이 아랍의 왕족들과 어울리는 것만도 상상하기 어려운데 거기다 마이어 부회장까지?"

찰스가 말을 이었다.

"더구나 그는 차기 EU 건축 협회장으로 거의 확실시되는 인물이야. 거기다 압둘 왕자의 후원까지 등에 업고 있지."

평범한 사람이 만나기에는 너무 거물들이 아니던가?

"찰스, 저 성훈이라는 친구, 뭔가 거물의 냄새가 풍기지 않아?"

제임스의 감이 그렇게 말하고 있었다.

찰스도 그의 말에 맞장구쳤다.

"나도 자네랑 같은 생각인데. 우리 한번 파헤쳐 볼까?"

둘의 시선을 마주치며, 눈을 번뜩였다.

"그럼 당장 시작해 볼까?"

나가려는 제임스를 찰스가 붙잡았다.

"왜?"

"기다려 봐!"

"응?"

"아직 더 올 사람이 있을지도 몰라."

"에이, 설마…… 또 있을라구?"

찰스도 턱을 긁으며 말했다.

"이건 내 기자로서의 감이야. 건축계의 거물이 올지도 모른다고."

제임스도 가려던 걸음을 멈췄다.

"그래, 아직은 시간이 있으니까 자네 감이 얼마나 맞는지 확인해 보지. 다른 것들이야 박람회가 끝나고 해도 늦지 않으니까."

알리와 함께 들어온 이는 프랭크였다.

건설업계의 두 거목과 건축 설계 파트의 두 거목이 자리를 함께했다.

찰스가 셔터를 누르며 웃었다.

"거 봐! 내가 뭐랬나? 내 말이 맞지?"

"그래! 그 프랭크 베리가 올 줄이야. 전혀 생각도 못 했어."

이미 한국에서 방송을 탄 적이 있는 프랭크였지만, 그들은 그것을 알지 못했던 듯했다.

그러거나 말거나 상관없이 제임스도 연신 싱글벙글하며 셔터를 눌렀다.

찰스가 말했다.

"이거 내일 메인 기사로 누굴 넣어야 할까? 한 명씩 다 찍어서 올리기도 뭐 하고."

그 말에 제임스가 대꾸했다.

"고민할 거 뭐 있어? 저기 성훈한테 다 모여 있잖아. 다 같이 한 방에 찍어서 올리면 되겠지."

기자에게는 이슈가 될 만한 것은 많으면 많을수록 좋았다.

있었던 팩트만을 전달하면 되는 것이다.

그에 따른 판단은 독자들의 몫!

그 말에 찰스가 투덜거렸다.

"그런데 그게 문제란 말이야!"

"뭐가 문젠데?"

"구도가 영……."

"구도? 그게 왜?"

"이건 꼭 성훈이 주인공 같잖아."

찰스 입장에서는, 아마 국제적 인지도에서 가장 비중이 딸리니까 하는 말이 아닐까?

보통 가장 유명한 인물을 중심으로 배치가 되는 것이 무난했다.

그리고 일반적으로 자연스럽게 그런 배치가 된다. 어디에서나 힘의 논리는 통하니까.

문제는 비등비등하게 유명한 사람들이 한자리에 모였다는 것이다.

'구심점이 없다는 말이지.'

누구를 중심으로 잡을 것인가?

성훈을 중심으로 자리를 잡았다지만 신문을 보는 누가, 얼굴도 이름도 모르는 젊은이에게 관심을 줄 것이라는 말인가?

겨우 오늘 방송을 탄 신출내기를 말이다.

그나마도 스티브의 후광에 가려, 빛을 잃었겠지만.

'누가 성훈을 알기라도 하겠어?'

찰스가 투덜거렸다.

"이래서 유명인이 많으면 사진 찍기가 어렵다니까."

최상의 구도를 위해 누구 하나를 주인공으로 세우려면, 다른 나머지에게 양보를 받아야 한다.

누구에게 말할 것인가?

아랍의 권력자인 두 왕자에게?

권위 하면 노벨상도 부럽지 않다는 프리츠커 수상자에게?

그것도 아니면 차기 EU 건축 협회장에게?

제임스가 놀렸다.

"자네가 가서 자리 좀 정리해 달라고 말해봐!"

"미쳤어? 나더러 맹수들 목에 방울을 달라고?"

제임스가 심플하게 결론을 내렸다.

"그럼 여기서는 성훈이 주인공 맞아! 박람회의 주인이니까. 나머지 네 명은 손님일 뿐이잖아."

"크, 그것도 그렇군."

"그럼 구도를 잡아보자고."

그나마 제일 만만한 사람이 성훈이었다.

제임스가 큰 소리로 물었다.

"성훈 군, 사진 좀 찍어도 될까요?"

그 말에 성훈이 사람들을 둘러보며 말했다.

"압둘, 알리는 저기 양쪽 끝으로 가서 서요."

두 왕자가 눈을 부리부리하게 치켜떴다.

그리고 이구동성으로 외쳤다.

"이놈이야 그렇다고 쳐도 나는 왜?"

"그건 내가 할 말이야, 알리!"

당당히 중앙을 차지해도 시원찮을 인물들이었다.

알리가 말했다.

"성훈! 난 아바마마를 빼고는 중앙을 양보한 적이 단 한 번도 없어!"

"흥! 알리, 나도 마찬가지라고."

성훈이 한숨을 내쉬며, 쓴웃음을 지었다.

"그럼 여기서 찍으세요. 누가 중앙을 잡으실지는 두 분이서 의논하시고. 어차피 기자들이 찍고 싶은 것도 두 분일 테니!"

압둘의 송충이 같은 눈썹이 꿈틀거렸다.

"이 녀석하고 사진을 찍으라고? 내가 왜?"

알리도 험상궂은 표정으로 맞받아쳤다.

"나라고 네놈하고 찍고 싶은 줄 알아? 흥!"

둘이 말다툼을 하거나 말거나, 성훈은 아랑곳하지 않고 프랭크와 마이어의 손을 잡아끌었다.

"우리는 저쪽으로 가죠. 할 얘기가 많잖아요."

알리가 다급히 성훈을 불렀다.

"어이, 성훈, 어딜 가나?"

"두 분이서 찍으시라고요. 아니면 독사진을 찍으시든지!

제임스, 이럼 됐죠?"

제임스에게 둘을 찍으라고 손짓까지 보내는데 전혀 긴장한 표정이 아니었다.

오히려 두 왕자가 당황한 듯, 성훈의 뒤를 따라갔다.

"이봐! 성훈, 아크람이 자네와 찍은 사진을 아바마마께 보여 드리라고 신신당부를 했다고, 자네가 나한테 이러면 안 되는 거 아니야?"

"성훈, 난 자네 친구라고! 친구한테 이러면 안 되는 거야!"

제임스가 흐뭇하게 웃으며 말했다.

"거봐! 내가 뭐랬어. 성훈이 주인공이라고 했잖아. 그치?"

"정말 그러네. 어떻게 이런 일이 있을 수가 있지?"

찰스가 어이없다는 표정으로 셔터를 눌렀다.

"이걸로 확실해졌어."

제임스의 말에 찰스가 의문을 표했다.

"뭐가?"

"누가 갑인지, 누가 을인지 말이야."

"설마 왕자들이 을이라는 말하고 싶은 거야?"

"어쩌겠나? 그렇게 보이는 것을?"

제임스가 확신하며 말을 이었다.

"이건 확실해. 저 성훈이라는 친구는 뭔가가 있어. 우리가 모르는 뭔가가 말이야."

"음, 나도 동의하네."

"더 올 사람이 있을까? 이제 시간이 촉박한데. 내일 조간에 사진을 올리려면 말이야."

"더 미루다가는 다음 날 조간이나 가능할 거야. 먼저 일어나자고."

그 뒤에 코펠과 울산 시장 등등, 몇 명의 사람이 찾아왔지만, 인지도에 밀려서 기사에나 실릴지 알 수 없는 노릇이었다.

다시 가이드를 하러 나오는데, 성훈을 부르는 사람이 있었다.

미현이었다.

"성훈 씨!"

"미현 씨가 여기는 웬일이세요?"

"왜요? 제가 여기 있는 게 이상한가요?"

"아뇨, 항상 현주 씨와 붙어 계시더니 따로 있어서 그러는 거죠."

그녀가 성훈을 올려다보며 말했다.

"성훈 씨가 이렇게 유명한 사람인 줄 미처 몰랐어요."

성훈이 피식 웃었다.

"제가 유명한 건 아니죠. 제 주변 사람들이 유명한 거지."

"유유상종이라고 하죠. 그 사람들은 당신을 중심으로 모였고요."

성훈이 대수롭지 않게 대꾸했다.

"상황이 그렇게 된 것뿐이죠."

그걸 아무렇지 않게 말하는 이 남자에게 미현은 위화감을 느꼈다.

그 주변 사람들이라는 게, 자신으로서는 감히 친분을 논할 수 없는 존재들이었으니까.

'무딘 건가? 난 그 상황이 너무나 자연스럽다는 게 더 무섭다고요.'

성훈이 물었다.

"그런데 어쩐 일로."

"좀 있다가 아빠랑 할아버지가 오실 것 같아서 미리 말씀드리는 거예요."

"그게 왜요? 저하고 관련이 있는 건가요?"

"우리 아빠가 현재건설 사장이거든요."

"예? 전통 건축 관련된 분 아니셨어요?"

"네, 아빠가 건설업을 한다고 했잖아요. 예전에."

"그랬던가요?"

기억을 더듬는 성훈을 보며 미현은 확신했다.

'이 사람, 그냥 둔한 거야. 현주야, 어떡하니?'

펜션에서 처음 보는 여자가, 그것도 지나가듯 이야기한 걸 누가 다 기억하고 있으랴!

자신의 설명이 부족했음은 전혀 생각지 않고, 그저 친구 현주를 동정하는 미현이었다.

아마 손녀인 미현이 말한 것이니, 왕 회장이 오는 것은 확실하리라.

'의외인걸?'

그녀가 현재건설 사장의 딸이었다는 것도, 그리고 그런 티가 나지 않을 정도로 수수했다는 것도 말이다.

'이렇게 현재와 계속 엮이는 건가?'

피식 웃음이 나왔다.

미현과 헤어진 후, 곧장 팀원들을 찾아갔다.

'녀석들이 전면으로 나서지는 않겠지만, 어떻게 진행되는지는 있어야겠지.'

지금은 우리 모두에게 승부의 시간이었다.

그들에게도 어느 정도 각오가 필요하지 않을까?

'나와는 다르게 그들은 현재건설의 특채 혹은 가산점을 위해 지금까지 경주를 한 거니까.'

게다가 박람회가 끝나가는 시점이었다.

마지막 대미를 장식하기 위해서는 정신무장을 확실히 해야 용두사미가 되지 않을 것이다.

씨를 뿌리고 땀을 흘렸으니, 이제는 성과를 거두어야 마땅하지 않겠는가?

'이제는 수확의 시간이지.'

한 톨의 알갱이도 흘리지 말고, 가능한 성과는 모두 뽑아먹어야지.

대기실에 들어가자 압둘과 알리가 나를 기다리고 있었다.

"아니, 두 분이 왜 여기 계세요?"

내 물음에는 답도 하지 않고, 압둘이 물었다.

흥분한 목소리였다.

"성훈, 저 작품 팔 거라면서?"

'무슨 소리야?'

영문을 몰라서 주위를 둘러보는데, 민수가 상황을 귀띔해 주었다.

"형 박람회가 끝나면 작품을 판다는 얘기가 나왔나 봐요."

그 한마디로 대충 감이 잡혔다.

"그래서 팔 거면 자기한테 팔아라. 그 이야기를 하고 있다, 그거지? 그런데 왜 웃어?"

민수가 어깨를 으쓱하며 말했다.

"어디서 많이 본 장면 같아서요."

"알리네 집에서 있었던 그 몰딩 경합?"

"네, 완전 그때랑 판박인데요? 둘이 서로 안 지려고 하는 것도 똑같고."

나이 지긋한 양반들이 승부욕 하나는 끝내준다.

"고작 이백만으로 이 작품을 가져가겠다는 말이야? 물건을 보는 눈이 없군, 압둘!"

알리가 가당찮다는 투로 말하고 있었다.

압둘도 질 수 없다는 듯 응수했다.

"흥! 그럼 자네는 얼마를 부를 건지 듣고 싶군."

"난 적어도 삼백만을 제시할 계획이야."

알리의 당찬 제안에 압둘이 고개를 갸웃했다.

"그렇게 자금을 투입하고도, 과연 수익을 뽑아낼지가 의문이군."

"그건 걱정하지 않아도 돼. 난 저걸 보자마자 어떤 사업이 머리에 딱 떠올랐으니까 말이야."

그들은 이미 내가 판다는 결정을 내린 것으로 착각하고 있었다.

물론 다른 사람들, 총장이나 박람회의 관련자들의 동의가 필요했지만, 그래도 내 의지가 가장 큰 요소인 것은 사실이었다.

다들 실감 나지 않는 얼굴로 그들의 대화를 지켜보고 있었다.

"야! 저 삼백만이 삼백만 원은 아니겠지?"

보람의 말에 모두 고개를 끄덕이고 있었다.

"이건 스케일이 다르지 않냐?"

아랍의 왕자들에게는 크게 부담 가지 않는 금액일지는 모르겠지만, 팀원들에게는 상당한 충격으로 다가왔던 모양이다.

부르는 단위가 상상을 초월하니, 어쩌면 당연한 노릇이리라.

보람이 씁쓸한 듯 말했다.

"그러게 말이야. 꼭 장난치는 것 같아."

"하지만 말하는 사람들이 워낙 거부이다 보니 그런 느낌도 안 들어."

현실적으로 계산을 하는 학우도 있었다.

"정말 우리 작품에 저만한 가치가 있을까?"

"나도 그래. 원가라고 해봐야, 겨우 이, 삼천이나 될까 말까 할 텐데 말이지."

나무가 해봐야 얼마나 하겠는가?

과연 그럴 정도의 가치가 있는 것인지 확신이 없는 모양이었다.

그러나 내 생각은 달랐다.

'너희는 충분히 그럴 가치가 있어!'

그들 스스로만 모를 뿐이었다.

장인, 그것도 나라에서 인정받은 무형문화재들이 몇 명이나 달라붙었다고!

게다가 우리 학교의 엘리트들이 몇이나 붙어서 만든 건데, 고작 몇천을 얘기해?

스티브에게 인정받은 게 바로 어제였고 모두 열광하지 않았던가?

그럼에도 자괴감을 느끼는 것은 사실이었다.

차이점이 있다면 스티브는 돈으로 계산할 수 없는 가치를 인정했다면, 이 둘은 그 가치를 눈에 보이는 액수로 규정하고 있었다.

팀원들이 혼란스러워하고 있었다.

'이거 이러다가 분위기가 망가지겠는걸?'

이제 마지막 승부를 앞두고 있는데 이래서는 곤란했다.

두 사람에게 말했다.

"지금 당장은 작품의 판매에 대해서 거론할 생각이 없습니다. 박람회가 끝나고 나서 말씀을 해주세요."

압둘이 헛기침을 하며 말을 맺었다.

"크흠, 내가 너무 성급했군."

"나도 미안하군. 마음이 급하다 보니, 실수를 했어."

분위기를 진정시키고 말했다.

"오늘 현재그룹에서 방문한다고 한다. 아마 오후 정도가 될 거야."

보람이 흥분하며 물었다.

"정말이야? 드디어 오는 거야?"

"응, 올 거라고 예상하고 있었잖아. 이제 정말 박람회의 마지막 방문자가 되겠지."

보람이 호들갑을 떨었다.

"현재그룹에서 온다니까 갑자기 긴장되는데."

어쩌면 당연한 일일 것이다.

또한 그건 보람 혼자만의 문제는 아닌 것으로 보였다. 다들 얼굴이 굳어 있었으니까.

정도의 차이가 있을 뿐, 긴장한 것은 모두 비슷해 보였다.

손뼉을 치며 주의를 모았다.

그리고 그들을 격려했다.

"자! 모두 주목! 지금까지 해온 대로만 하면 돼! 기죽을 이유도, 긴장할 필요도 없어."

지금 현장의 분위기는 뭐랄까?

뒤숭숭했다.

기대하는 사람도 있었고, 걱정하는 사람도 있었다.

지금까지 잘해 왔음에도, 긴장으로 인해 일을 망치지나 않을까 걱정하는 사람도 있었다.

'이해해. 너희들에게는 면접이나 마찬가지니까.'

멀쩡하게 잘하던 사람도 면접을 하면 긴장하지 않던가?

지난 삶에서 취직하기 위해서 수십 번을 면접 본 내가 이들의 마음을 왜 모르겠는가?

보람에게 말했다.

"왜 긴장해?"

"긴장 안 하게 생겼어? 저번에 그 이사라는 분이 왔을 때도 긴장했는데 이번엔 사장님이 직접 오시는 거잖아."

녀석의 긴장감이 살짝 떨리는 목소리에서 느껴졌다.

'회장도 온단다.'

말 안 하길 잘한 것 같았다.

하지만 그게 과연 이렇게 긴장할 이유가 될까?

압둘이나 알리 앞에서도 긴장하지 않았던 녀석들이 말이야.

"너희는 능력이 있다고! 그걸 증명했잖아. 너희는 스티브가 인정을 한 사람들이라고."

팀원들을 바라보며 말을 이었다.

"그가 나만 인정한 거라고 생각했어? 그는 우리 작품을 인정한 거야. 난 대표로 그와 인터뷰를 했을 뿐이고."

"성훈이 네가 대표로 나간 건 당연한 거야. 그건 우리도 인정해. 안 그러냐?"

눈으로 주변의 동의를 구한 보람이 말을 이었다.

"그렇다고 우리가 너하고 똑같은 레벨이라는 말은 아니지. 여기까지 이끌어 준 것만도 우린 충분히 고맙게 생각하고 있어."

내 앞에 있는 사람들은 몇 달간을 동고동락하며 나를 따라 준 사람들이었다. 그리고 앞으로도 함께 인연을 만들어갈 동료들이었다.

'좀 더 자신감을 가져도 될 텐데.'

대기업이라는 이름 앞에서 기가 죽은 걸 보니 마음이 아려 왔다.

"이거 하나 물어보자. 저 작품들 나 혼자 만들었냐? 아니, 만들 수나 있었겠어?"

"……."

대답 없이 나를 보는 그들을 향해 말했다.

"이건 우리 모두가 만들어낸 작품이란 말이야."

"하지만 우리는 너랑은 상황도 다르고, 그 뭐냐, 스케일 자체가 다르잖냐?"

이들은 지난 삶에서의 나보다 훨씬 더 진취적이고 강한 녀석들이었다.

그럼에도 이런 모습이라니.

취직이라는 게 기업에 부탁하는 것이 아니지 않나? 그냥 나를 어필하면 되는 것 아닌가?

일에 필요한 사람을 뽑고, 내 꿈을 이루기에 필요한 일을 할 수 있는 직장을 찾는 것.

노동력을 지급하고 그 정당한 대가를 얻어내는 것.

그것이 회사와 사원의 관계가 아닌가?

물론 가족적인 분위기가 있다면 좋기는 하겠지만 지금 내가 느끼는 것은 종속적인 느낌이었다.

굽실거리며 뽑아주기를 기다리는 느낌!

'능력이 안 되는데, 취직시켜 달라고 부탁하는 게 아니잖아. 너희들은 당당하게 해도 돼!'

면접관이 예의를 볼 것 같은가? 아니면 능력을 우선시할 것 같은가?

물론 둘 다 보겠지만, 나라면 후자에 비중을 더 많이 둘 것이다.

'구체적인 가치판단이 필요하겠군.'

이대로 가다가는 사장이나 회장이 왔을 때, 굽실거리는 모습을 보이게 될 것이다.

말하지 않아도 알아서 굽실거리는 이들을 누가 그 가치를 높이 평가할 텐가?

적어도 고개 들고 떳떳하게 말해야지.

'내 능력이 이 정도입니다. 필요하다면 그에 걸맞은 대가를 지불하십시오'라고.

보람에게 물었다.

"아까 봤지?"

'뭐가?'라는 표정들.

"우리 작품에 얼마의 가치가 매겨지는지."

"그야……."

"자신감을 가져도 된다고. 저 사람들이 몇백만 달러, 몇십억이라는 거금을 제시할 정도로 우리가 한 일이 가치가 있다는 말이잖아."

일부가 고개를 끄덕이며 수긍했다.

다시 한번 확신하며 말했다.

"그런 우리가 고작 기업체에서 온다고 긴장해서야 되

겠어?"

보람이 씁쓸하게 웃으며 대꾸했다.

"성훈아, 고작 기업체가 아니라고! 한국에서 손꼽히는 기업이라고."

그래서 뭘 어쩌라고.

우리가 그 손꼽히는 기업에 꿀릴 게 뭐가 있어?

그들과 나의 현실적인 입장 차이가 태도를 달리하고 있었다.

보람이 대기실 한쪽에 팔짱 끼고 앉아 있는 두 왕자를 눈짓하며 말했다.

"성훈아, 저 사람들은 아랍의 거부들이야. 가지고 싶은 것은 다 가질 수 있는 사람들이라고."

팀원들이 웅성거렸다.

"그래, 우리하고는 차원이 다르다고.

이게 일반적인 반응일 것이다.

물론 실감 나지 않겠지.

녀석들에게는 아랍의 부자들이 장난감을 사듯, 장난치는 것으로 보였을 수도 있다.

'그래서 뭐!'

그 사람들이 돈으로 장난쳤을 것 같아서?

두 왕자가 내 작품을 그냥 가지고 싶어서 베팅을 한 거라고?

'아닐걸! 그들은 천생 장사꾼이야.'

너희들이 생각하는 그런 흔하디흔한 졸부가 아니라고.

속으로 고개를 절레절레 흔들었다.

'녀석들, 뭔가 오해를 하고 있군.'

저 아랍의 왕자들이 얼마나 계산에 빠꼼이들인지 겪어 보지 않은 사람은 모른다.

녀석들 말대로 돈이 썩어날 정도로 많은 것은 사실이지만, 손해날 짓은 절대로 하지 않는 사람들이었다.

일례로 압둘은 이전에 내 몰딩을 독점 구매했었다.

가격을 올리고 싶었던 내 장난으로 인해서 그는 몰딩을 원래 가격의 두 배로 구입을 했었다.

'그래서 압둘이 손해를 봤느냐고?'

다르게 말해서, 압둘이 손해를 감수하면서 자존심 때문에 베팅을 했느냐고 하면 그건 절대로 아니었다.

'압둘은 거기서도 이익을 배로 남겼거든.'

그는 내 몰딩을 충분히 팔 수 있다는 확신이 있었던 것이다.

그는 애초에 4배의 가격으로 팔 생각으로 베팅을 한 것이었다.

'원래의 기대 수익보다는 줄어들었겠지. 그래도 그는 확실히 이득을 봤다고.'

근본부터 장사꾼인 두 왕자가 단지 내 얼굴을 보고 작품을 사겠다고 덤볐을 거라고 생각되지 않았다.

'정말 그렇게 생각한다면 그건 큰 오산이지.'

그들이 가격을 부른 순간, 그 둘의 머릿속에서는 이미 계산이 끝나 있었을 것이다.

저걸 어떻게 활용해서, 어떤 식으로 수익을 거둘 거라는 확실한 계산 말이다.

나와의 의리를 생각해서 작품을 사준다고?

세상에 그런 바보 천치들이 어디 있나?

'부자를 몰라도 너무 모르는군.'

이미 나는 성공을 확신했는데, 이들은 아직 확신하지 못하고 있었다.

우리는 이미 승리의 땅에 도착했는데, 녀석들은 아직 실감하지 못하고 있었다.

왜냐고?

진정한 승리를 해본 적이 없기 때문이다.

한참이나 시간이 흘러서야, 이게 어떤 의미인지를 알게 되겠지.

'굳이 현재가 아니라도 갈 곳은 널렸다고.'

신문에서 떠들고 방송에서 조명이 되었는데, 어느 얼빠진 기업이 넋 놓고 다른 놈이 채 가길 기다리고 있겠는가?

'우리가 이뤄놓은 결과가 그것을 말하고 있다고.'

그럼에도…….

확신시켜 줄 필요가 있었다.

승리의 기억이 인간을 성장시킨다.

그 짜릿함은 뇌에 각인되기 때문이다.

'고기도 먹어본 사람이 맛을 안다고. 너희들이 깨닫지 못하는 것을 알게 해주지. 너희들의 몸값이 얼마인지를.'

이들은 알 자격이 있었다.

자신들이 한 달 동안 만든 작품에 대해, 그들의 노력에 대해, 사람들이 얼마의 가치를 매기는지.

압둘에게 물었다.

"압둘! 아까 우리 작품에 얼마를 제시했죠?"

"이백만."

"달러?"

"당연하지?"

"혹시 내가 만들었다고 의리로 사려는 건가요?"

압둘이 피식 웃으며 되물었다.

"성훈, 자네는 내가 이득도 나지 않을 곳에 투자하는, 그런 멍청한 장사꾼으로 보이는 건가?"

그에게 진지한 얼굴로 물었다.

"왜 그 금액이 나왔는지 물어봐도 될까요? 내 동료들이 납득하지 못하는 것 같아서 말이죠."

마뜩잖은 듯 미간을 찌푸리는 그에게 덧붙였다.

"이 작품을 팔고자 하면, 이 친구들의 동의도 필요하니까요. 엄연한 동업자들이죠."

"성훈 님, 아무리 왕자님의 친우시라 하셔도, 이건 너무……."

탈랄이 곤란한 표정으로 만류를 하려고 했지만 압둘이 저지하며 말했다.

"그만둬, 탈랄!"

"하지만 왕자님!"

압둘이 말을 이었다.

"여기서 대충 얼버무렸다가는, 성훈 저 친구에게 정말 멍청한 장사꾼으로 취급당한다고."

그리고 팀원들을 향해서도 말했다.

"거기 성훈의 동업자들! 잘 들어 두게나. 두 번 말하지 않을 테니까."

그와 동시에 눈으로 압박했다.

판매에 반대하는 자는 용서하지 않겠다는 무언의 압박 말이다.

'쯧. 애들을 상대로⋯⋯.'

내 눈치에 압둘이 압박을 거뒀다.

"귀찮기는 하지만, 항목별로 얘기를 해주지."

그의 설명이 이어졌다.

민수가 물었다.

"형, 파시는 방향으로 마음이 바뀌신 거예요?"

그 말에 고개를 저었다.

"아니, 아직 결정하지는 않았어."

"그런데 왜 압둘을 부르신 거예요?"

"아까 말했던 대로야. 그가 부른 금액이 과연 납득할 만한 건지 알고 싶었거든."

민수가 의아해했다.

"하지만 당장 팔지도 않을 거면서, 물어보면 압둘 왕자가 기분 나빠하지 않을까요??"

"파는 건 언제든지 할 수 있어. 중요한 건 과연 제대로 가치를 쳐줬느냐는 거지."

"그게 중요한가요? 저렇게 거액을 부르는데?"

"응, 중요해."

지금 내게는 이 작품의 가격보다도, 이 작품을 만든 사람의 가치가 중요했고 그들이 자신의 가치를 깨닫는 것이 중요했다.

"녀석들을 한 번만 쓰고 버릴 생각이 아니었거든."

"형이 팀원들을 그렇게 중요하게 생각하는 줄은 몰랐어요."

"응, 중요해. 한 번 손발을 맞춰 보니, 꽤나 쓸 만한 녀석들이더라고. 그럼 내가 현재에 들어가고 나서도 계속 써먹어야 하지 않겠어?"

그들은 내가 현재에서 영향력을 발휘할 수 있는 기반이 될 것이다.

"하지만 형은 곽 이사님도 있고, 양 이사님도 있잖아요."

회사의 중역들이 할 수 없는 일, 실무자들만 할 수 있는 일도 있지 않을까?

"모든 일을 하는 데 그들을 거칠 수는 없지 않겠어?"

하지만 그런 인물들이 회사에서 제대로 인정받지 못해서는 곤란했다.

민수를 보며 말을 이었다.

"그리고 매일 허드렛일이나 하는 녀석들에게 중요한 일을 맡길 수는 없잖아."

"그건 그렇죠. 그렇게 된다면 도움이 되는 게 아니라 오히려 짐이 될 뿐이죠."

민수의 말이 맞았다.

지금 스스로 자립하지 못한다면 내가 그들이 성장할 때까지 케어해야 한다는 말이었다.

"민수야, 그건 나한테 너무 메리트가 없잖아."

민수가 물었다.

"만약 가치를 제대로 매겼으면 파실 거예요?"

그 말에도 나는 고개를 가로저었다.

"아니! 그다음에는 내 작품을 제대로 잘 살려줄지를 판단하겠지."

무작정 돈이 된다고 해서 팔 생각은 없었다.

이 작품의 생명은 보이는 것에 있다.

"고생해서 만들었는데, 창고 한구석에 박히면 의미가 없잖아."

나는 작품으로 파는 것이지, 어느 개인의 수집품으로 팔 생각이 없었다.

"그럼 압둘의 입장에서는 손해 아닌가요?"

"사지 말라고 하지, 뭐! 내가 사 달라고 부탁하는 게 아니잖아."

뻔뻔스러운 내 말에 민수가 어이없다며 웃었다.

"크큭, 절차가 너무 까다로워서 압둘 왕자가 포기하면 어떡하실 거예요?"

그 말에 압둘을 턱짓으로 가리켰다.

"훗! 그렇게 보이지 않는데!"

압둘은 열정적으로 팀원들을 납득시키고 있었다.

민수가 처량한 표정으로 그를 동정했다.

"휴, 형이 무슨 생각을 하는 줄도 모르고 압둘이 불쌍하네요."

"아니야. 사려는 마음이 있다면 그에게도 기회가 될 거야. 적어도 확실한 구매 의사가 있다는 걸 내게 어필할 수 있으니까. 그리고……."

압둘에게 집중하는 팀원들을 보며 말을 이었다.

"이 녀석들에게도 확인시킬 필요가 있었거든."

"뭘요?"

"자신들의 몸값을. 현재건설을 만나는데 긴장하는 건 그걸 모르기 때문이야."

'모른다면 스스로 알게끔 가르쳐 줘야지!'

성공을 해보지 않은 사람은 자신이 지금 얼마 정도 결승점을 남겨두고 있는지 알지 못한다.

성공에 90%에 도달을 했는지, 99%에 도달을 했는지를 정확히 가늠할 수 없다는 말이다.

목표점에 도달해서 지나온 길을 뒤돌아보았을 때, 비로소 그걸 확인할 수 있다.

'한 번 성공해 본 사람이 두 번째 성공에 도달하기 쉬운 이유이기도 하지.'

한 번 갔던 길이기에 어디에서 쉬어줘야 하고 어느 지점에서 바짝 긴장해야 하는지를 너무나 잘 알고 있으니까.

민수에게 말했다.

"그래서 녀석들은 지금 자기가 얼마나 우위를 점하고 있는지를 몰라."

"우위라고요?"

"응, 우위!"

민수는 내 말뜻을 이해하지 못하고 멀뚱거렸다.

"성공에 도달할 때, 노력의 결과물을 가장 극대화할 수 있는 시기가 언제인지 알아?"

"글쎄요."

이건 해보지 않은 사람은 모른다.

경험으로 얻어지는 것이기 때문이다.

"바로, 결승점에 도달하기 직전이야."

"그런가요?"

쉬는 건, 결승점을 지나서 하면 된다.

민수에게 말했다.

"어리석은 소가 되어서는 곤란하지 않겠어?"

"무슨 말이에요?"

"개고생을 하고도, 쥐에게 일 등을 빼앗겨 버린 멍청한 소 말이야."

"아! 십이지신 이야기군요."

"응!"

영원을 결정짓는 결승점의 마지막 순간에 소는 긴장을 풀어버렸다.

자신의 승리를 확신하며 샴페인을 터뜨려 버렸다.

자신의 머리 위에 쥐새끼 한 마리가 눈을 번쩍이고 있다는 것을 알지 못하고 말이다.

그리고 그 소는 영원히 쥐의 뒤통수만을 바라보게 되었다.

민수가 결론을 내렸다.

"소가 자신감이 과했던 거군요."

이처럼 마지막 순간에 자신감이 과한 것은 독이 된다.

그러나 자신감이 부족한 것은 더 큰 독이다.

아니, 그것 자체로 맹독이 아닐까?

평생을 경주하는 인생에서 자신감 없이 무엇을 할 수 있다는 말인가?

결승점에 거의 다 도달을 하고도 자신감의 부족으로 원하는 성과를 거두지 못하는 경우가 얼마나 많던가?

미지의 성공에 대한 두려움에 한발 물러서는 순간, 기회를 보던 또 다른 쥐들이 달려든다.

그들은 노력한 것이 없기에, 잃을 것도 없다.

잃을 것이 없는 자들이기에 그들은 용감하다.

이제나저제나 눈치만 보고 있다가, 못 먹어도 그만이라는 심정으로 진흙 묻은 발을 들이민다.

민수에게 말했다.

"십이간지의 첫 번째는 쥐야. 밤새 열심히 달린 소가 아니라!"

아무것도 하지 않고, 우직한 소 대가리 위에 편안하게 앉아 있다가 마지막 순간에 뛰어내린 쥐가 십이지신(十二支神)의 수장이 되었다.

영리함의 다른 표현은 교활함이다.

민수를 보며 말을 이었다.

"그리고 지금이 그 마지막 한 걸음을 내디뎌야 하는 순간이야."

과한 자신감으로 긴장을 놓아서도 안 되고, 부족해서 한발 물러나서도 안 되는 순간!

민수는 여전히 확신이 서지 않는 모양이었다.

"그런가요? 전 아직 잘 모르겠네요."

"그 바쁜 사람들이 미쳤다고 여기까지 올까? 우리에 대한 의리를 지키려고?"

"아무래도…… 그들도 관련이 있으니까."

민수의 말에 고개를 저었다.

"우리가 대상을 탈 가능성이 없거나, 혹은 지금처럼 이슈가 되지 않았어도 온다고 했을까?"

민수는 대답하지 못했다.

특히나 왕 회장이 온다는 사실은 내게 시사하는 바가 컸다.

'매스컴에 오르내리고, 외신들까지 떠들썩했으니, 궁금했겠지.'

우리는 성과를 냈고, 그걸 현재 쪽에서는 확인하러 오는 것이었다.

정말 그렇게 대단한 성과를 내었는지, 매체에서 과도하게 띄우는 것은 아닌지.

가산점 약속을 지킬 정도의 가치가 있는 것인지, 혹은 더 투자할 가치가 있는지.

"민수야, 기업 하는 사람들이 움직이는 이유는 딱 하나야!"

확신하며 말을 이었다.

"이게 돈이 되느냐, 되지 않느냐!"

기업에서 하는 자선사업?

그건 세금의 절세 혹은 기업 이미지의 개선을 위해서 하는 것이지, 그 사람들이 불쌍해서, 마음에서 우러나온 행동은 아니리라.

'그럴 거면 애초에 기업을 하지 않았겠지.'

이득을 등한시하는 기업이라니, 말이 되는 소리인가?

온갖 미사여구를 갖다 붙여도, 그 본질은 변하지 않는다.

"그 사람들은 확인하러 오는 거야. 신문에 난 것처럼 대단한 결과라면 자기들이 제일 먼저 우리와 협상하기 위해서."

4명의 특채?

그건 너무나 당연한 거다.

그것만 투자할 생각이었다면 양 이사 선에서 하라고 했겠지, 굳이 왕 회장이 올 필요가 있을까?

'그가 온다는 건, 다른 목적이 있다는 거지.'

민수에게 말했다.

"내가 현재 사장이라면 이 인원들 몽땅 데려간다. 무슨 수를 써서라도."

"가능할까요? 금년도 입사 정원이 있는데……."

회사의 규칙은 유동적으로 변한다.

변화의 기준은 이득, 그리고 오너의 결정.

"나라면 정원을 두 배로 늘이는 한이 있다고 해도 그렇게할 거야."

민수는 납득이 되지 않는 모습이었다.

"왜요? 왜 그렇게까지 해야 하는데요?"

"자기들이 모시고 가지 않으면 다른 경쟁사에서 모시고 갈 거거든. 더 좋은 조건으로! 그러면 어떻게 되는 줄 알아?"

"어떻게 되는데요?"

"갈라진 팀원들끼리 연락을 할 테니, 각자의 조건을 확인하는 건 문제도 아니겠지."

민수도 고개를 끄덕였다.

치열하게 시간을 보낸 만큼 팀원들 간의 동료애도 장난이 아니었으니까.

"그럼 당연히 가장 조건이 좋고, 대우를 해주는 곳으로 마음이 흐르게 되지."

"그 말은 채용을 해도 완전히 마음을 놓을 수 없다는 말이군요."

"응, 해결책은……."

"통째로 데려가는 수밖에 없어."

"형 말대로라면 현재에서 기를 쓰고 다 데려가려고 하겠군요."

"지금 이 기회를 놓칠 리가 없잖아."

나는 웃으며 말을 이었다.

"하지만 상황이 바뀌었지."

아직 수면 위로 모습을 드러내지는 않았지만, 이미 몇몇

대기업은 우리를 영입의 대상으로 물망에 올리고 있으리라.

'적어도 한국의 기업 하는 사람들은 몽땅 그 방송을 봤을 거라고.'

현재도, 태림도, 샤롯데도.

기업을 하는 사람이라면, 그리고 건설 회사를 하는 사람들이라면 모두 그 방송을 봤을 것이다.

"우리를 보며 군침을 삼키고 있는 기업들이 있다고."

민수가 눈을 반짝였다.

"확실히 그렇겠군요."

"대충 이해가 되지? 왜 우리가 우위에 서 있다고 말하는지?"

우리의 선택처가 현재밖에 없었다면, 우위는 현재건설이 차지했을 것이다.

민수가 씨익 웃었다.

"그런데 지금은 우리가 현재 마음에 들기 위해 조바심을 내는 게 아니라, 그 반대가 되겠군요."

"그래! 현재가 우리를 영입하기 위해서는 다른 그룹들과의 경쟁을 해야 한다는 말이지."

팀원들을 보며 읊조리듯 말했다.

"여기서 우리가 굽히고 들어가야 할 이유가 어디 있지?"

"아! 그래서 아까 형이 짜증을 냈던 거네요."

민수는 가장 민감하게 내 기분을 느끼고 있었다.

"짜증까지는 아니었지만……."

"어쨌든 기분이 안 좋아 보였어요."

지금의 상황을 냉정하게 바라보아야 한다.

우직하게 일만 하고, 열매를 얻지 못하는 멍청한 소가 되지 않기 위해서는 말이다.

협상에 닳고 닳은 사람들을 상대하는데, 자신감이 결여되어 있다?

그럼 절대로 제대로 된 대우를 받을 수 없다.

회사에 입사하고 나서 실력을 드러내어 제대로 된 대우를 받겠다고?

'안타깝지만 그런 경우는 거의 드물다고.'

회사가 나를 놓치고 안타까워하는 경우는 나를 놓쳤을 때뿐이다.

입사시의 대우는 끝까지 유지된다. 별 이변이 없는 한!

왜?

회사는 그런 시스템으로 만들어져 있으니까.

연봉만큼 대우하고, 연봉만큼 일을 맡기니까.

현실과 이상, 그 사이에는 엄연한 갭이 존재한다.

TV에서 보는 멋있는 성장드라마?

그건 주인공이 대기업 후계자일 때뿐이다.

내가 현재건설 사장이라면 무슨 생각을 할까?

'이건 거저먹는 거구나. 하고 생각을 할 거야.'

연봉 5,000을 불러도 시원찮다고 생각하고 왔다가, 4,000만 부를 거라고.

왜?

'너희들 눈이 그렇게 말하고 있잖아.'

그 정도만 해주셔도 감사하게 받겠습니다.

이렇게 이미 허리를 이고 영접하는데, 눈높이를 맞춰 줘야하지 않겠어?

오히려 당당하게 말하겠지.

'이보게들 4,000만 해도 특별 대우를 해주는 거라네. 앞으로 충성하게나. 지금처럼 알아서 허리도 숙이고 말이지.'

기특하다고 뒤통수 한 번 툭툭 쳐 줄지도 모르지.

어떤 결과가 되었든 내 가치를 깎고 시작하는 것이다.

'난 그게 싫다고! 내가, 아니, 우리가! 왜 그래야 하는데?'

공급과 수요의 법칙?

그럴 거면 외국 기업으로 가겠다.

스티브라면 훨씬 더 좋은 대우를 해줄 것이다.

'굳이 돈만 본다면 현재에 연연할 이유가 없다고!'

다른 사람들의 마음을 확인하고 싶었다.

"민수야, 만약에 너한테 현재에서 연봉 4,000을 제시하면 어떻게 하겠어?"

"당장 계약해야죠."

"최고의 조건이니까?"

민수가 고개를 끄덕였다.

너무나 당연한 결과에 웃음밖에 나오지 않았다.

민수가 물었다.

"형은 뭐라고 하실 건데요?"

"나는 싫다고 할 거야."

"하긴 형은 부자니까. 그것도 어마어마한."

"아니! 지금 당장 내 수중에 한 푼도 없다고 해도 마찬가지야."

나의 가치를 과소평가하는 기업과 일을 해야 할 이유가 어디 있는가?

있다면 말해보라!

백이면 백, 다 반박해 주겠다.

그사이에도 압둘의 설명은 계속되고 있었다.

"내 계산의 기반에는 서른다섯 명의 장인과 쉰 명의 자네들이 한 달 동안 일했다는 계산이 깔려 있다네."

"그리고 그동안 성훈이 먹을 거 다 먹이고, 재울 거 다 재우고 일 시키지는 않았을 거야."

그 말에 팀원들이 저도 모르게 고개를 끄덕였다.

자신의 예상이 들어맞은 것이 기분 좋았던지, 압둘이 흐뭇한 미소를 지었다.

"그래, 그럴 줄 알았어. 그렇게 일을 시킬 성훈이 아니지, 암!"

성훈을 바라보고 피식 웃고는 압둘이 말을 이었다.

"원래는 장인과 도제들 일당을 350, 250달러로 책정했었지. 내 호텔 건설 현장에 나오는 사람보다 좀 더 높게 책정했다네."

압둘은 가진 자답게 거들먹거리며 생색을 냈지만 아무도 기분 나빠 하지 않았다.

그는 흡족하게 미소 지으며 말을 이었다.

"거기에 수당이 있으니, 장인은 700, 도제들은 500이라는 계산이 나오지. 다시 30일을 곱하면 대략 장인들은 일인당 21,000달러, 자네들은 15,000달러의 계산이 나오지. 혹여 인건비에 불만 있으면 말하게."

압둘의 계산에 대기실이 술렁거렸다.

"우리가 한 달에 만 오천 달러를 번다고?"

"일당만 오백 달러야."

"그럼 한국 돈으로 얼마가 되는 거지?"

"지금 1달러에 천오백 원 정도니까, 헉! 2,250만 원? 한 달에?"

"그리고 일당은 75만 원이 되는 건가?"

상상을 초월하는 금액에 보람이 제 손으로 입을 막았다.

그러고는 쥐어짜는 목소리로 말했다.

"헉! 지금 현재건설 신입 연봉이랑 같아!"

"그럼 목수 어르신들은 3,150만원?"

"이게 나올 수 있는 액수야?"

하지만 믿지 않을 수도 없었다.

"그 말을 하는 사람이 저 압둘 왕자라고. 지금이라도 바로
현금으로 지급할걸!"

성훈이 입을 삐죽이며 물었다.

"압둘, 그래 봐야 고작 150만밖에 안 돼요. 나머지 50만은
어디 간 거예요?"

압둘이 느긋한 표정으로 눈썹을 으쓱였다.

"총괄 기획을 한 사람에게도 비용을 지불해야 하지 않겠
어? 자네 몫으로 50만을 남겨 뒀지."

학우들의 눈이 찢어질 듯 커졌다.

"들었어? 성훈 선배한테만 50만이래."

"150만이 고작이란다. 누가 들으면 150만 원인 줄 알겠어."

하지만 아무도 성훈을 시기하지 않았다.

보람이 말했다.

"쩝! 성훈이는…… 뭐, 그럴 만해."

"인정해요. 성훈 형은 뭐…….."

그들에게는 당장 판매를 하고 손에 거금을 쥐는 것이 중요
하지 않았다.

누군가가 자신들의 몸값을 지불할 용의가 있다는 것, 그리

고 그 가치가 자신의 생각보다 훨씬 높다는 것, 그것만으로도 충분했다.

"잘됐네요. 팀원들이 자신감이 붙은 것 같아요."

"그래, 이걸 바랐던 거지."

"이렇게 쉽게 바뀔걸. 아까는 왜 그랬는지."

안도하는 민수에게 말했다.

"그게 당연한 걸지도 몰라."

"뭐가요?"

"이 친구들은 한 번도 자신의 몸값을 스스로 판단해 본 적이 없을 테니까."

주면 주는 대로 받는 것에 익숙한 사람들이었다.

그건 지난 삶의 나조차도 마찬가지였었다.

자신의 몸값을 스스로 정한다니, 어불성설이지.

민수도 내 말에 수긍했다.

"그러게요, 기껏해야 시간당 몇천 원짜리 아르바이트가 전부였겠죠."

"그도 아니라면, 한 달에 몇십만 원짜리 과외가 자신들의 몸값을 가늠하는 전부였겠지. 하지만 그건 남들이 정해놓은 거지."

최저임금제를 임금의 적정선이라 생각하는 사회적 인식이야 어쩔 수가 있으랴!

열심히 청소하고 노력해도 삼천 원, 시간만 때워도 삼천

원이라면, 아르바이트생의 선택은 결정된 거나 마찬가지가 아닐까?

노력의 대가가 더해지지 않는데도, 최선을 다하는 바보만 사는 세상이 아닌 바에야 말이다.

수요와 공급이 존재하는 이상, 쉽사리 바뀌지 않을 것이다.

"하긴, 남들과 똑같은 일을 한다고 생각하는 데 높은 몸값을 지불할 리가 없겠죠."

하지만 이제는 달라질 것이다.

"이제 제 몸값을 알았으니 태도도 달라지겠지."

"어떻게 변할지 기대가 되네요."

대기실의 분위기가 흡족했던지, 압둘이 말했다.

"부족하면 얘기해! 더 지불할 용의도 있으니까, 저 작품은 그만큼의 가치가 충분히 있어!"

하나 그 말에 딴죽을 거는 한 인물이 있었으니!

"역시 쿠웨이트는 가난하군!"

적절한 가격을 제시했기에, 기분이 좋은 압둘에게 시비를 걸어오는 사람은 알리였다.

"뭐야? 알리 자네는 어떤 계산으로 300만이 나왔는지 모르겠군."

알리는 묘한 웃음을 띤 채 말했다.

"기본적인 계산이야, 다를 게 있겠어?"

"그런데 어디서 100만이나 차이가 나는 건가?"

"그래서 자네는 생각이 짧다는 거야."

원하는 대답은 하지 않고, 약만 올리고 있으니, 압둘의 검은 얼굴이 검붉어졌다.

"제대로 설명이 되지 않으면, 이대로 넘어가지 않을 테니, 각오해!"

"흥, 넘어가지 않으면, 다른 수라도 있는 건가?"

민수가 말했다.

"형, 어떻게 좀 해보시죠. 또 한 판 붙겠어요."

'하여간 저 둘은 앙숙이야, 앙숙'

두 왕자에게 말했다.

"두 분 싸우실 거면 나가서 해주세요."

이제 저들이 필요한 용무는 끝났다.

압둘만 해도 지금 팀원들은 입이 떡 벌어질 정도로 놀랐는데, 알리가 더 큰 금액으로 베팅을 한다면 어떻게 될까?

'팀원들의 간땡이가 퉁퉁 부을걸!'

적당한 자신감은 활력을 불어넣지만, 과도한 자신감은 협상자를 궁지로 몰아갈 것이다.

내 목적은 현재와 적정한 선에서 타협을 보려는 거지, 현재를 내치려는 게 아니거든!

아직 내게는 다른 기업보다는 현재가 좋았다.

'곽 이사나 양 이사 같은 인물이 있으니까!'

다른 곳에 가서 또 이런 인맥을 만들라고?

물론 만들 수는 있겠지. 하지만 이미 인지도가 있는 나를 이용하려고만 들 게 뻔했다.

대기실을 나서기 전, 압둘이 물었다.

"팔기는 팔 거지?"

"네, 조건이 맞다면요."

알리의 얼굴이 환해졌다.

"얼마면 되는데? 말만 하라고."

"작품의 판매는 돈의 액수에 좌우되지 않을 겁니다."

두 아랍인이 이구동성으로 물었다.

"그럼 뭐!"

"그래! 액수가 아니면 뭔데?"

도대체 물건을 사는 데, 가격 말고 뭐가 중요하다는 말인가?

압둘도 알리도, 둘 다 이해가 가지 않는다는 표정이었다.

성훈이 말했다.

"저 작품이 얼마나 사람들의 눈에 오래 보일 수 있느냐 하는 게, 제가 작품을 파는 요점입니다."

압둘과 알리의 얼굴이 고민에 휩싸였다.

"끙……."

"일단 돌아가세나, 압둘."

왕자들을 밖으로 내보내고 우리만 남았다.

"자! 다들 긴장하라고!"

팀원들의 생기 도는 눈을 보며 말을 이었다.

"현재에서 오는 순간, 우리는 협상 테이블에 앉는 거야."

"이를테면, 면접 같은 거군요."

한 팀원의 적절한 비유였다.

"응, 하지만 그 면접은 현재가 우리를 평가하는 것도 있겠지만 우리도 현재를 평가하는 시간도 될 거야."

"현재가 우리한테 평가를요?"

그 말에 고개를 끄덕였다.

"면접이 별거냐? 서로 얼굴 맞대면 면접이지. 왕이 평양 감사를 하래도 하기 싫으면 안 하는 거야."

학우들이 키득거렸다.

아까의 부담감과 과도한 긴장은 사라져 있었다.

지금 남아 있는 것은, 현재에게는 어떤 평가를 받게 될까? 하는 기대감이었다.

"협상 테이블에 올려놓을 것은 박람회 대상이 될 것이다."

보람이 웃으며 물었다.

"아직 대상을 탄 것도 아니잖아."

"결과는 마찬가지야!"

쉽게 말해 이거였다.

우리는 대상을 수상할 실력을 가졌다.

이런 우리에게 현재건설은 얼마만큼의 가치를 부여하고 우릴 고용하겠느냐?

'진검승부가 벌어지는 곳이지.'

말을 이었다.

"거기서 너희들은 자기 가치를 현재건설에게 인정받아야 할 거야."

한 학우가 물었다.

"성훈 선배가 협상해 주면 안 될……."

하지만 그 말은 보람에 의해 저지되었다.

"안 돼! 네 일이야. 그리고 우리 일이야. 성훈이 왜 작품을 팔지도 않을 거면서, 저 왕자들에게 가격을 물었는지 모르겠어?"

그래도 나이 먹은 녀석이 좀 낫네.

보람의 말에 설명을 덧붙였다. 거기에 내 마음도.

"맞아, 각자의 미래를 결정하는 선택이 될 거다."

"……."

"그걸 내가 결정해 줄 수는 없어. 만족도 후회도 모두……."

보람이 내 말을 이어받았다.

"자신의 몫이 되어야 하겠지."

각오를 다지는 보람의 말에 말없이 고개를 끄덕였다.

"이제 현재에서 온다. 각자의 각오를 다지고 현장으로 들어가라. 자신의 가치는 누가 정해 주는 것이 아니라 스스로가 만들어 가는 것이다. 이상 해산!"

내 말을 끝으로 각자의 자리로 돌아갔다.

민수가 자리로 가는 팀원들을 보며 말했다.

"결국 형은 스스로 협상을 하고, 제 손으로 결정하라는 말씀을 하고 싶었던 거네요."

"응."

"그런데 아까처럼 자신감이 없으면, 손해를 볼 게 뻔하니까. 이렇게 했던 거구요."

"맞아, 내가 한다면 조금 더 나은 결과를 이끌어 낼 수는 있겠지."

누가 오든 적어도 나는 자신이 있었다.

이렇게 대안이 많은데, 협상에서 질 이유가 애초에 없다고!

하지만 그렇게 이루어낸 협상이 온전히 그들의 실력이라고 말할 수 있을까?

성공을 해도, 실패를 해도 스스로의 손으로 결정지어야 한다.

잘되면 그게 자신의 실력이고, 진정한 가치라고 착각하며 살아갈 것이다.

'그런 착각은 평생을 망치기도 하지.'

채찍질을 가해 가며, 소들을 웅덩이까지는 데리고 왔다.

눈을 감고 흙탕물을 마시든, 눈을 부릅뜨고 맑은 물과 푸른 풀을 뜯든 그들의 선택이었다.

그들이 자력으로 생존하는 것, 그게 내가 이들에게 원하는 마지막 요구 사항이었다.

'그들이 현재건설에서 완벽하게 자생해야 내가 맘 편하게, 그리고 온전하게 영향력을 발휘할 수 있지.'

민수가 물었다.

"이런 형의 마음을 저들이 알아줄까요?"

"훗, 아는 놈도 몇 있던 것 같던데. 그 정도만 해도 어디야."

민수의 어깨를 토닥이며 말했다.

"사실 너 하나만 해도 충분해."

내 농담에 민수는 머쓱했던지, 시선을 피하며 씨익 웃었다.

"보람이 형. 성훈 선배는 여기까지 같이 와 놓고, 왜 이제 와서 발을 빼는 걸까요?"

보람이 그를 보며 미소 지었다.

"성훈이는 말이야, 끝까지 같이 가고 싶은 거지."

"네? 이게 끝까지 같이 가는 거라고요?"

"박람회 말고…… 이것 이후의 일을 말하는 거야."

"당최 무슨 말인지 저는 잘…….."

보람이 그의 등을 툭 쳤다.

"자세한 건 나중에 이야기해 줄게. 일단은 일에 집중하자고. 얼른 돌아가!"

"그럼 전 보람이 형만 믿을게요."

후배는 고개를 끄덕이며, 제자리를 찾아갔다.

그의 뒷모습을 보며 보람은 침을 꿀꺽 삼켰다.

'이게 두 번째 시험인 건가?'

악착같이 잠을 줄이며, 성훈의 스케줄을 쫓아왔다. 그것이 그의 첫 번째 시험이었으리라.

그리고 지금!

가장 팀원들에게 환호를 받을 수 있는 시점!

'아마 녀석이라면…… 최고의 협상 결과를 만들어 냈겠지.'

하지만 성훈은 자신들에게 바통을 넘겼다.

그냥 내팽개친 것이 아니라, 최상의 조건을 만들어준 후에.

'이렇게까지 해줬는데 결과를 못 내면…….'

보람이 희미하게 미소 지었다.

'이 정도의 능력과 배려라면 평생 따라가도 괜찮지 않겠어? 성훈! 지구 끝까지라도 따라가 주마!'

그러나 우선은 눈앞에 닥친 현재와의 협상을 마무리해야 했다.

주먹을 꽉 쥐며, 각오를 다졌다.

'일단은 이걸 잘 마무리 짓자고. 그리고 나서…….'

85장
마지막 방문자

가이드를 하던 중이었다.

뒤편에서 술렁거리는 분위기가 느껴졌다.

기자들이 웅성대는 소리와 카메라의 셔터 소리로 보아 누군가 방문한 모양이었다.

'지금 왔나 보군.'

지금 방문할 사람들은 한 부류밖에는 없었다.

현재 그룹의 사장단.

"저희 때문에 박람회의 분위기를 망치는 것은 원하지 않습니다. 나중에 따로 인터뷰할 시간을 가지겠습니다."

누군가의 완곡한 부탁이 있었고, 더 이상의 소요는 없었다.

하지만 팀원들의 동요는 느껴졌다.

'그걸 어떻게 알 수 있냐고?'

갑돌이의 움직임은 내 조이스틱으로 컨트롤할 수 있었지만, 건물의 움직임까지 하나하나 제어할 수 있는 게 아니니까.

건물의 움직임까지 컨트롤하기 위해서는 조이스틱이 두 배는 커져야 했기 때문이었다.

0.1초의 시간 차!

즉 거의 지시와 동시에 작동되던 건물들의 개폐 시간이 0.5초 정도로 늘어나 있었다.

물론 관객들이 보기에는 큰 차이가 아니겠지만, 0.1초에 익숙하던 나는 차이를 느낄 수 있었다.

'긴장하기는!'

그들은 뒤에서 내가 안내하는 모습을 지켜보고만 있었다.

내 작업을 방해하고 싶지 않다는 듯이 말이다.

"저 녀석이 자네가 얘기하던 친구인가?"

회장이 건설 사장에게 묻는 말이었다.

사장이 앞으로 나서며 말했다.

"네, 맞습니다, 회장님."

"흠, 훤칠하게 잘생긴 젊은이군."

사장이 흐뭇한 미소를 지었다.

"저래 보여도 강단이 보통이 아닙니다."

회장이 매서운 눈으로 성훈을 주시하며 고개를 끄덕였다.

"저 녀석이 스타타워 설계자라고 했던가?"

"네, 맞습니다."

"실시 설계할 때도 거의 주도적으로 참여했다면서?"

"네, 그리고 실제로 현장에서도 일을 했었지요."

"그래? 설계하는 녀석이 현장에 나가서 일을 했다고?"

회장 자신이 현장 출신이니, 더 관심이 가는 모양이었다.

그가 묘한 표정으로 말을 이었다.

"그래서? 현장 일은 좀 하던가?"

"네! 제법 현장 생리도 잘 알고, 인부들을 다룰 줄 아는 놈입니다.

"그래? 아직 대학 졸업도 안 했잖아? 그런데 그걸 할 줄 알더라고?"

"네, 녀석 덕분에 현장을 한 달 빨리 마무리할 수 있었습니다."

"호오! 그래? 현장에서 다른 문제는 없었고?"

"저놈하고 현장 소장이 갈등이 있기는 했지만 잘 해결되었습니다."

회장이 궁금한 표정으로 물었다.

"무슨 갈등이 있었는데?"

"소장이 리베이트를 받았는데, 그게 마음에 안 들었던 모양입니다."

경영을 통솔하며, 자금의 흐름에 누구보다 민감한 그들이, 암암리에 리베이트를 받는다는 것을 몰랐을까?

아니, 알지만 소장들의 사기 진작을 위해서 묵인하는 것이었다.

잘못된 관행이지만, 그렇게 하지 않으면 누가 소장이 되기 위해 열심히 하겠는가?

월급만으로는 큰돈을 모으기가 어려우니, 소장이라도 되어 떡값으로 아파트라도 마련하려고 필사적으로 소장이 되기를 원하는 것이 아닐까?

회장이 어이없다는 표정을 지었다.

"리베이트가 마음에 안 들어? 소장 중에 리베이트 안 받는 놈도 있어? 왜 굳이 그걸 가지고."

"그걸 모를 정도로 숙맥은 아닙니다."

"그런데 왜?"

"리베이트가 문제가 아니라, 하청업체 직원들이 말을 안 들었던 거지요."

"쯧쯧. 그래도 봐줄 건 봐 주고 넘어가야지! 그래서? 화해는 잘한 모양이지?"

사장이 어깨를 으쓱하며 답했다.

"현장 소장을 밀어냈습니다."

소장에 딸린 식구가 얼마인가?

그러면 당연히 구심점이 되는 소장이 잘려나갔으니, 현장은 혼란에 휩싸였을 터!

"현장을 몇 달이나 빨리 끝냈다면서? 어떻게? 그때 여름이었잖아? 국내에 노는 일손이 하나도 없었을 텐데."

회장은 몇 마디 안 되는 사장의 말을 근거로 정확히 현장을 파악하고 있었다.

사장은 그때의 상황이 생각나는 모양이었다.

"곽 이사가 그 현장 담당이었는데, 자기도 현장이 멈출까 봐 걱정을 많이 했답니다."

"당연하지. 멈추면 손해가 얼마나 막심한데! 그래서 어떻게 처리를 했는데?"

회장 자신도 곤란했을 일을, 한참이나 어리고 경험도 없어 보이는 젊은이가 해결했다는 것이 믿기지 않는 모양이었다.

"사우디 현장에 있는 기술자들을 데리고 왔더군요."

"사우디 현장? 황 이사 있는 거기?"

"네, 거기 석공사 하면, 우리나라에서 손꼽히는 차기석이 있었습니다."

"차기석이 그 녀석이 왔다고? 아무나 부른다고 올 놈이 아닌데? 황 이사, 고놈이 고이 보내 줄 놈이 아니고."

회장이 고개를 갸웃거렸다.

"네, 저도 그렇게 알고 있었는데, 그날 바로 전화해서 비행기에 몽땅 태워서 끌고 왔다고 하더군요."

"호오!"

"그리고 바로 다음 날 아침에 현장으로 투입했답니다."

회장이 어이없는 웃음을 터뜨렸다.

"허허허. 거참! 그런 맹랑한 놈이 있어? 이걸 믿어야 되는 거냐?"

"직접 확인해 보셔도 됩니다."

"마찰은 없었던 건 아닌데, 바로 해결을 해버렸다, 그 말이네?"

"네, 현장에 직접 들렀을 때도 확인했습니다. 현장과의 마찰을 겁내는 놈이 아닙니다."

회장이 천천히 고개를 주억거렸다.

"확실히 강단이 있기는 있구만."

회장이 염려스러운 얼굴로 말했다.

"그래도 너무 대쪽 같으면 안 좋은데?"

"걱정하지 않으셔도 될 겁니다. 다른 작업자들하고 관계는 더할 나위 없이 좋았습니다. 그랬으니 현장이 한 달 먼저 끝난 거지요."

"흠⋯⋯. 그렇단 말이지?"

가만히 고개를 끄덕이던 회장이 물었다.

"혹시 저놈에 대해서 아는 거 있으면 다 털어놔 봐라."

사장은 그제야 가슴이 뜨끔해졌다.

'이런! 실수다. 적당히 띄웠어야 했는데.'

혼자서만 가지려고 했던 성훈이었다.

성훈이 제 자식처럼 생각되어 자랑을 한 것인데, 하다 보니 생각보다 과했던 것이다.

'쯧, 이럴 것 같아서 처음에 오신다고 했을 때 만류했던 건데.'

박람회는 그의 예상보다 훨씬 더 많은 이슈를 만들었고, 회장까지 관심을 가지게 되었다.

'회장님께서 방문하실 정도로 대단한 건은 아닙니다.'

이렇게 말하며 회장의 방문을 막으려 했지만, 이미 결정내린 사항을 번복할 인물이 아니었다.

그리고 지금의 상황에 맞닥뜨리게 된 것이었다.

회장의 인재 욕심이야, 두말할 필요가 있으랴!

인재를 보는 안목 또한 탁월하기 그지없었다.

탐탁지 않은 마음에 사장은 말꼬리를 흐렸다.

"회장님, 그게 정확하지 않은 내용이라……."

"괜찮다. 말해봐라. 부족한 건 내가 조사하면 되니까."

이미 회장이 마음먹은 이상, 아는 대로 털어놔야 했다.

빠진 것이 있으면 회사를 통솔한다는 놈이 그것도 몰랐느냐고, 불호령이 떨어질 테니까.

회장에게 신뢰할 수 없는 녀석으로 찍히고 후계 구도에서 밀리느니, 지금이라도 사실대로 말하는 것이 나았다.

그는 성훈에 대해 알고 있는 사실을 하나하나 늘어놓았다.

중동에서 있었던 성훈과 압둘, 그리고 알리와의 관계!

그리고 성훈이 프랭크와 시장과는 무슨 연관이 있는지까지도 말이다.

"그래? 그게 정말 사실이라면, 대단하지 않냐? 어린 녀석이!"

회장은 성훈을 보며 눈을 반짝이고 있었다.

그 모습을 보며, 사장이 속으로 투덜거렸다.

'아버지, 제가 얼마나 공을 들인 놈인데, 털도 안 뽑고 드시려고 하십니까?'

자신의 마음을 사로잡은 녀석이니, 회장의 마음에 들지 않으면 그게 오히려 이상할 노릇이겠다.

'하지만 너무 마음에 들어도 곤란한데 말이지.'

그가 생각했던 최고의 시나리오는 박람회에서 대상을 타고, 성훈을 자연스럽게 현재건설로 영입하는 것이었다.

보물은 자기 손에 있을 때 보물인 것이다.

회장이 직접 관리를 하고자 나선다면, 자신이 원하지 않는 상황으로 흘러갈 공산이 높았다.

'녀석의 재능을 최적으로 살릴 수 있는 곳에 배치를 하시겠지.'

하지만 그곳이 반드시 건설이 될 거라고는 확신할 수 있을까?

전자나 자동차, 심지어 조선이 될 수도 있었다.

'전공이 엄연히 다른데 무슨 소리를 하느냐고?'

나도 경영을 전공했지. 건축을 전공한 건 아니지 않던가?

그리고 성훈의 거취를 결정하는 것은 자신이 아니었다.

'그렇게 되면 녀석이 공을 세워도 그건 내 실적이 아니게 되잖아?'

아무리 존경하는 아버지라고 해도, 자신의 몫을 빼앗기고 싶은 생각은 추호도 없었다.

죽 쒀서 남 좋은 일 시킬 필요는 없잖아.

사장이 찌뿌둥한 표정으로 대꾸했다.

"제가 봐도 대단합니다. 저 또래 중에서는 감히 비교할 만한 사람이 없을 겁니다."

확신하는 그에게 회장이 물었다.

"그런 놈을 네가 휘어잡고 일할 수 있겠어?"

"네?"

회장의 우려하는 모습에 사장이 반문했다.

"저런 놈을 네가 컨트롤할 수 있겠나? 이걸 묻는 거야!"

사장의 미간이 저도 모르게, 내 천(川)자를 그렸다.

'벌써 찜하시려는 건가?'

거의 잡았던 보물이 솜사탕처럼 사라지고 있는 느낌이었다.

"큭! 그래도 제가 경륜이 있는데, 그 정도를 못하겠습니까?"

자신감 있게 말하는 그를 보며, 회장이 피식 웃었다.

"그래?"

'진짜야? 뭘 믿고 그렇게 장담하는데?' 라고 물을 때, 나오는 웃음이었다.

자존심이 상했지만, 그의 앞에서 경거망동할 수는 없는 법!

사장이 단호하게 말했다.

"네, 할 수 있습니다."

회장이 고개를 끄덕였다.

"알았다, 지켜보도록 하지."

"믿으셔도 될 겁니다, 회장님!"

성훈에게로 눈을 돌리는, 회장의 얼굴에 흥미로운 웃음이 고였다.

그가 혼잣말을 읊조렸다.

"그럼 한번 만나서 확인을 해볼까? 진짜배기인지 아닌지……."

수십 년 사업을 하면서, 겪어 보지 않은 일이 뭐가 있으랴!

그중에서 그를 가장 두근거리게 하는 건 회사의 성장이었다.

'회사가 크려면 인재가 있어야 하지.'

그는 조용히 눈을 감고, 자신의 심장 소리에 귀를 기울였다.

기분 좋은 심장의 박동 소리!

이렇게 가슴이 두근거리기는 실로 오랜만이었다.

"성훈아, 아까 온 거 맞지?"

보람이 대기실로 들어서는 내게 물었다.

현재건설의 인물들을 말하는 것이리라.

다른 팀원들은 벽 뒤에서 대기하고 있었으니, 그들의 존재를 직접 눈으로 확인하기는 어려웠으리라.

하지만 홀의 분위기가 변했다는 것만은 확실히 인지하고 있었다.

"응, 기자들하고 인터뷰 중이더라."

"이쪽으로 오지 않을까? 설마 그냥 보기만 하고 가는 건 아니겠지?"

녀석의 쓸데없는 걱정에 웃음이 나왔다.

저렇게 거창한 멤버들이 왔는데, 설마!

'그냥 갈 거라면 처음부터 오지를 않았겠지.'

보람에게 말했다.

"그나저나! 너 많이 긴장한 모양이더라. 아까부터 반응이 느려."

"크, 티 났냐? 자꾸 신경이 쓰여서 말이야."

"아직 끝난 거 아니니까, 아직은 긴장 풀지 마."

주변을 둘러보니, 다른 팀원들도 현재건설에 대한 얘기를 하고 있었다.

잠시 후, 열댓 명의 사람이 대기실로 들어왔다.

우리는 박람회장의 창고를 통째로 빌려서 대기실로 사용하고 있었다.

거의 80명이 넘는 사람들로 북적였음에도 좁다는 생각을 한 적이 없었는데 지금은 좁게 느껴졌다.

나도 그만큼 긴장했기 때문이리라.

누가 회장인지는 금방 알 수 있었다.

그를 필두로 사람들이 따라오고 있었으니까.

회장으로 보이는 노인이 친근한 미소로 말했다.

"여기 있는 이 사람들이 우리 회사로 들어올 친구들인가?"

건설 사장이 슬쩍 다가서며 귀띔했다.

"이 중에서 몇 명만 특채로 뽑기로 했습니다. 그리고 대상을 타면, 참가자 전원에게 현재건설 지원 시에 가산점을 주기로 했습니다."

회장이 잇소리로 말했다.

'알고 있다. 알아서 할 테니 걱정하지 마라, 응?'

그러고는 눈짓으로 말했다.

'뒤로 물러나 있거라.'

성훈에게 거의 다가섰을 때쯤, 그가 너스레를 떨며 그를 칭찬했다.

"그래? 건설 사장이 생각을 많이 했구만. 그래, 그게 바로 산학협동 아닌가? 안 그래?"

"네, 맞습니다, 회장님."

회장이 팀원들과 장인들을 보며 인사를 했다.

"이거 불쑥 찾아와서 폐를 끼치는 게 아닌지 모르겠습니다."

적절하게 예의를 차리면서, 사람 좋은 웃음으로 첫인사를 건넸다.

성훈도 그에게 허리를 숙였다.

"아닙니다, 회장님. 오히려 이렇게 관심을 보여 주셔서 감사합니다."


말로만 듣던 왕 회장과의 첫 만남이었다.

작은 키에 까무잡잡하고 주름진 얼굴.

전혀 특별해 보이지 않는 모습이었다.

길가다 지나쳐도 특별한 것 같지 않은 사람.

"자네가 성훈인가? 아까 갑돌이를 조종하던?"

무게를 잡는 모습이 아니었음에도, 그의 작은 체구에서 나오는 목소리는 힘이 있었다.

은연중에 압박하는 목소리라고 할까?

'수십 년을 꼭대기에서 군림했으니, 그럴 수밖에. 압둘이나 알리와는 분위기가 많이 다른걸.'

왕자들이 태어날 때부터 익힌 기품이라면, 이 사람은 스스로의 힘으로 쟁취한 것이다.

시작점이 달랐으니, 지금의 상태 또한 차이가 나는 것이리라.

나는 그의 눈을 똑바로 바라보았다.

지난 삶에 동경해 마지않던, 태어나서 처음 만나보는 거인을 대하고 있었다.

그에 기죽지 않기 위해, 스스로 당당하기 위해 선택한 내 나름대로의 각오였다.

'녀석들이 나만 바라보고 있는데, 대장인 내가 여기서 약한 모습을 보이면 어떡해? 다른 녀석들은 더 주눅 들 텐데.'

"처음 뵙겠습니다. 김성훈입니다."

성훈이 그를 향해 고개를 숙였다.

절대 갑에 대한 굴종이 아니라, 한국 경제에 한 획을 그은 거인에 대한 존중이었다.

회장이 흥미로운 표정을 지었다.

허리를 숙였으나, 그것은 잠시!

존중의 예만 표시하고 자신을 직시하고 있다.

'그것도 서른도 안 된 새파란 녀석이!'

재미있지 않은가?

자신과 동일한 눈높이에서 회장인 그를 탐색하고 있었다.

대한민국의 몇몇을 제외하고 자신에게 저런 눈빛을 보낸 자가 얼마만이던가?

'하지만 아직 어리지.'

젊다는 게 뭘까?

단순명쾌하다는 것 아닐까?

그들만이 가질 수 있는 강점일 것이다.

시도해 보지 않았기에, 실패의 두려움을 모르고, 또한 두려워하지 않을 수 있기 때문이다.

잃을 것이 없기에, 도전을 두려워하지 않는다.

그에 반해, 노련하지 못하며, 감정의 기복이 심하며, 감추기에 능하지 않을 것이다.

'아무리 침착하다고 해도 가슴에서 회오리치는 감정을 갈무리하기에는 부족함이 있지!'

그래서 젊은이는, 판단을 하기에도 단순명쾌하다.

'딴 사람은 몰라도 내 눈을 피할 수는 없지.'

한 번의 흔들림이라도 있다면, 그 그릇의 가치를 평가하는 것은 어렵지 않으리라.

'살짝 띄워줘 보자. 어떤 반응을 보일까?'

회장의 생각이 끝났다.

"잘 보았네. 성훈 군. 자네의 작품."

성훈의 얼굴에 미소가 어렸다.

"감사합니다."

회장이 흡족한 웃음을 지었다.

'그럼 그렇지. 내 예상이……'

하지만 이어지는 성훈의 말에 자신의 성급했음에 혀를 찰 수밖에 없었다.

"그러나 우리 모두의 작품입니다. 저 혼자만의 것이 아닙니다."

지금 성훈과 회장은 공간을 양분하고 있었다.

입구 쪽의 회장단, 안쪽의 박람회 관계자들.

성훈의 그 말에 회장 쪽의 분위기가 가라앉았다.

'감히 누구 말에 토를 다는 거지? 건방진 녀석.'

'회장님 말씀 한 마디에 모두 입사할 수도 있고, 그 반대가 될 수도 있는데, 경박하군.'

'저래서 젊은 녀석들은 불안해. 감사합니다. 그 한마디면 될 것을……'

각자의 생각은 비슷했다.

'겨우 이 정도 결과로 기고만장한다면, 쓰라린 맛을 보게 될 거야.'

수만 명의 사람을 거느린 사장들조차도 감히 할 수 없는 말을, 일개 젊은이가 생각 없이 내뱉고 있었다.

아니 수만 명만 되겠는가?

하청 기업들까지 포함하자면 그 수십, 수백 배는 족히 되리라.

그런 거물들임에도 불구하고, 회장의 말에는 반박하는 경우가 없었다.

왜냐고?

그의 말은 항상 옳았고, 그 결정은 언제나 명성에 어울리는 결과를 만들어냈기 때문이다.

회장의 앞이라 경거망동하지는 못하지만, 아래로 처진 입꼬리가 불쾌함을 표현하고 있었다.

다만 한 사람, 건설 사장만이 묘한 웃음을 짓고 있었다.

'흣! 그럼 그렇지. 안 그러면 안전모가 아니지.'

그의 등줄기로 기분 좋은 전율이 흘렀다.

반면, 성훈 쪽의 분위기는 들떠 올랐다.

'성훈이 녀석. 누구에게 칭찬을 받는지 모르는 거 아니야? 무려 현재그룹 총수라고! 크크.'

'저래야 성훈이지. 왕 회장 얼굴 굳은 거 봐!'

'으윽. 소름 돋아!'

'우리 면접 보는 자리라고 하지 않았어? 성훈 선배가?'

'응. 그랬지!'

'그런데 이래도 돼?'

'몰라. 인마! 성훈 선배가 알아서 하겠지.'

'하지만 기분은 좋다. 그치!'

대목장의 얼굴에도 미소가 고였으나, 그는 마냥 즐거이 이 상황을 즐길 수는 없었다.

'녀석. 굳이 우리까지 챙길 필요는 없는데. 저 하나라도 잘 되면 되는 것을. 쯧쯧.'

성훈의 말에 회장이 어떤 반응을 보일지 알 수 없었기에, 대목장은 내심 긴장이 되었다.

단 한 마디로 대기실의 분위기는 양분되었다.

한쪽은 냉랭한 한풍으로, 나머지는 훈훈한 봄바람으로.

냉기류와 난기류가 만났으니, 토네이도가 생길지도…….

회장의 눈썹이 꿈틀거렸다.

'반골인 건가? 그렇게 보이지는 않았는데.'

그룹을 경영하면서, 수십 년 동안 인재를 찾고 키워왔다.

자신의 눈을 좀 더 믿어보기로 했다.

'처음이니, 겸양의 말을 하는 거겠지.'

그래도 저 정도면, 젊은 녀석치고는 꽤나 인내심이 있는 것 아닌가?

소탈하게 웃으며 말했다.

"그렇지. 모두가 함께 만들었으니, 저런 결과가 나왔겠지."

그가 대목장을 보며 말을 이었다.

"저런 작품들을 만들다니, 장인들께서도 젊은 학생들과 함께 정말 수고들이 많으셨습니다. 외신에서도 떠들썩하게 만들어 놓다니 정말 대단하십니다그려."

대목장이 흐뭇하게 웃었다.

"저희야 뭐 한 일이 있겠습니까? 젊은 녀석들이 하고자 하니, 뒤에서 받쳐준 것뿐이지요. 오히려 저희가 많이 배웠습니다."

회장이 성훈에게 물었다.

"그런데 말일세. 건축이라 해서, 건축 설계도나 모형만 있을 줄 알았더니, 로봇도 있더군. 그리고 그렇게 건물에 동작을 집어넣을 거라고는 상상도 못 했네그려. 스티브 감독도 놀랄 정도로 말이야."

한 번 더 찔러보는 칭찬의 연속.

'스스로 이룬 결과에 뿌듯함이 없을 리가 없지!'

회장 자신의 경험에서 나오는 생각이었다.

부장이 보기엔 별것 아니라도 신입에게는 엄청난 성과이고, 대기업에서는 쳐다보지도 않을 아이템이 구멍가게에서는 대박인 것처럼 말이다.

지금의 성과는 회장 자신이 보기에도 자랑할 만한 것이었다.

'그리고 지금쯤 자신감이 자만으로 바뀔 시기이기도 하지.'

잘 붙들어 키우면, 그룹에 도움이 되는 인재로 만들 수 있는 것이다.

이런 인재를 놓쳐서는 아깝지 않은가?

기고만장해서 건방지다면?

'한 번 혼내고, 다시 가르치면 되는 거지.'

"스티브 감독을 만난 건 운이 좋았을 뿐입니다."

"호오. 운이라……. 꼭 그렇게 평가할 필요가 있나?"

"그건 운이 맞습니다. 회장님. 하지만……."

회장이 고개를 갸웃하며 되물었다.

"하지만?"

"설령 스티브 감독의 인터뷰가 없었다고 해도 마찬가지였을 겁니다. 갑돌이는 충분히 세계적으로 인정받을 만한 가치가 있는 작품이었다고 자부합니다."

성훈의 평가에 갑돌이의 책임자, 승범은 코끝이 찡해졌다.

'야! 그래도 세계적이라니……. 너무 띄우잖아.'

성훈에게 '이것밖에 실력이 안 되느냐?'는 쓰라린 구박을 받으면 만들기는 했지만, 이 순간 그동안의 고난들이 모두 보상받는 느낌이었다.

다른 사람도 아닌 성훈의 인정에, 기분이 좋아지는 것은 어쩔 수 없는 노릇!

승범을 위시한, 학우들의 어깨가 올라갔다.

'건방지다고 생각할 수도 있겠지. 하지만 이건 냉정한 판단이라고!'

다른 사람은 몰라도 성훈은 알고 있었다.

로봇의 소형화에 얼마나 오랜 시간이 걸리는지, 사람의 관절처럼 움직이는 자연스러움을 행동으로 구현하기가 얼마나 어려운지.

그랬기에 확신을 갖고 말할 수 있었으리라.

"저런! 건방진! 세계적인?"

보다 못한 중공업 사장이 발끈했다.

"결과가 자네 생각보다 잘 나왔다는 건 인정하네만, 너무 자만하는 것 아닌가?"

성훈이 자신감 넘치는 미소로 말했다.

"자만이 아닙니다."

하늘 높은 줄 모르는 젊은이의 거만을 더 들어주기 어려웠던지, 중공업 사장이 일갈했다.

"성훈 군! 자네는 건축학과인 걸로 아는데, 그렇지 않은가?"

"맞습니다."

"훗. 그럼 기계의 원리와 역학에 대해 잘 아나?"

"아뇨. 저는 기계에 대해서 모릅니다."

"그런데 왜 그런, 책임 못 질 장담을 하는가?"

"세계적인 평가를 받을 만한 가치가 있다는 말, 말씀입니까?"

'평가는 전문가들이 알아서 할 텐데, 왜 초짜인 네놈이 나서서 세계적 평가를 운운하면서, 그런 건방진 말을 하느냐!'는 의미일 것이다.

이미 스티브에게 평가를 받았는데, 그게 무슨 의도일까?

어쩌면 우리의 실력이 진짜인지를 확인하고 싶어서, 딴죽을 거는 것인가?

'그렇다면 대환영이지. 나도 궁금했거든!'

성훈의 기준으로 봤을 때는 우리나라 최고를 넘어서는 수준이었다.

하지만 그쪽의 인맥이 없는 관계로 비교할 만한 대상을 찾지 못했었다.

내로라하는 기업인 현재 중공업이라면?

그 진가를 충분히 확인할 수 있으리라!

'지면 어때! 그만큼 얻는 것이 있겠지.'

"잘 아는군."

"죄송합니다만, 자만이 아니라 냉정한 평가였습니다."

"하! 냉정한 평가? 기계의 '기' 자도 모르면서, 냉정한 평가?"

사장은 어이없다는 듯, 한숨을 내쉬며 탄식했다.

'그렇게 자금을 투입한 우리도 세계는 아직 요원한데…….'

학생들이라 대놓고 무시하는 것이 아니었다.

현실이 그랬다.

사장은 냉정하게 생각하고 있었다.

단지 잠시 흥분했을 뿐이다.

그런 사장에게 성훈이 불을 질렀다.

"네! 스티브가 아닌 누가 되었든지, 전문가가 그 자리에 있었더라면 그런 반응을 보였을 겁니다. 그렇지 않아? 승범아?"

"쯧쯧. 스티브가 애들을 버려놓았군."

국내 최고라는 자부심이 있기에, 그는 그런 말을 할 수 있었다.

하지만 성훈이라고 무모한 승부를 걸었을까?

'저건 5년 후에나 실현 가능한 거라고.'

NASA에서 로봇산업의 획기적인 발전이 있을 때마다, 뉴스에서 며칠을 떠들어 댔었다.

이론은 까막눈일지언정, 어떤 변화가 있었는지 결과는 알수 있었고, 그때마다 NASA에서는 신기술의 대략적인 원리를 공개했었다.

사장은 불편한 감정을 여과 없이 드러냈다.

"그 자신감! 실력으로 증명할 수 있나?"

'훗! 예상했던 결과?'

중공업 사장이 코웃음 쳤다.

고작해야 학생일 뿐이다.

물론 결과가 좋아서 기고만장한 것도 이해한다.

'스티브에게까지 칭찬을 받았으니……'

하지만 학교에 얼마나 제대로 된 장비가 있었을 것인가?

갖춰진 게 없는데, 그런 결과를 만든다고?

그렇게 쉽게 만들 정도라면, 우리가 먼저 했어야지. 실력있는 전문가들을 다 끌어모았는데!

'말이 되는 소리를 해야, 이해하려고 노력이라도 해보지.'

"네! 증명할 수 있습니다."

성훈의 당찬 대답에 사장이 뒷목을 움켜잡았다.

'이 정도로 점잖게 경고를 했으면, 인정도 할 줄 알아야지!'

그나마 회장의 앞이라 자중하던 사장이 자제심을 잃어버렸다.

'젊은 놈이 똥오줌을 못 가리는군! 현재 중공업이 동네 구멍가게로 보이나?'

사장의 얼굴이 분노로 달아올랐다.

'그 알량한 실력! 제대로 밟아주지!'

그는 회장에게 양해를 구했다.

"회장님. 저리 당당하니, 대충이라도 실력을 한 번 봐야 하지 않겠습니까?"

상황을 지켜보던 회장이 사장의 부탁에 피식 웃음을 지었다.

'다혈질인 녀석! 아까부터 붉으락푸르락하더니, 제대로 열 받았구만.'

적당히 끝낼 생각은 없는 것으로 보였다.

회장이 성훈을 힐끗 쳐다본다.

'할 수 있겠어? 현재 중공업을 상대로 말이야!'

성훈도 미소로 응수하며, 고개를 끄덕였다.

승리가 최고의 결과겠지만, 꼭 이기지 않아도 좋았다.

'이긴다고 기고만장할 녀석들도 아니지만.'

최악의 경우라 해도, 패배에서 얻는 것이 분명히 있을 것이다.

하지만 지금 성훈이 보기에는 질 요소가 없었다.

'녀석들이 자신감이 없었던 건, 비교 대상이 없었기 때문이지, 실력 부족이 아니었다고.'

그런데 그 비교 대상이 현재 중공업이라면?

입사를 바라마지 않는 그곳이라면?

'이보다 더 좋을 수 있겠어? 제대로 된 수업 한번 받는다 생각하면 되는 거 아니야?'

힐끗 훔쳐보니, 승범의 눈에 자신감이 어른거렸다.

'그래! 이제 너희들의 진가도 보여줘야지!'

나에게는 시험의 순간이었고, 팀원들에게는 승부의 순간이었다.


사장의 도발에 승범이 크게 심호흡을 했다.

'이거! 어리다고 물로 보시네. 난 지난 한 달 동안 완전히 실전에 매달렸다고!'

성훈의 핀잔과 구박을 참아가며, 머리에서 잠자던 이론을 몽땅 현실로 구현시켰다.

하루에 4시간 자본 적이 없다고!

갑돌이같은 소형 로봇의 제작과 이론에 있어서는 누구에게도 진다는 생각을 해본 적이 없었다.

'현재 중공업 연구실장, 아니, 그 할아버지가 온다고 해도 질 것 같지 않다고!

그의 자신감은 압둘 왕자의 베팅도 아니고, 스티브의 칭찬도 아니었다.

그 근원은 승범, 자신의 실력이었다.

성훈을 보며 고개를 쳐들었다.

'해 보자. 성훈아! 저 양반이 네 진가를 모르시네.'

기계의 원리를 알고 모르고는 둘째 문제였다.

성훈은 눈이 하늘처럼 높았다.

이론은 개뿔도 모르면서, 어떻게 문제점을 해결해야 하는지는 귀신같이 알고 있었다.

승범, 자신이 한 것은 성훈의 말도 안 되어 보이는 지시를 죽을 똥을 싸며, 실제로 만든 것뿐!

'내가 성훈이랑 작업하면서 가장 많이 한 말이 뭔지 알아? 이 양반아!'

그건 '어! 이게 가능하네?'였다구.

깜짝 놀라는 표정을 지었음에도, 성훈은 당연히 된다고 예상하고 있었던지, 피식 웃을 뿐이었다.

'거 봐! 되잖아!' 하면서!

그때 승범은 성훈을 인정했다.

괴물 같은 놈이라고.

'처음에는 타임머신을 타고 온 놈인가 싶었다고. 사람이 어떻게 그런 생각을 할 수 있는 거지?'

그런 녀석을 만족시키느라 얼마나 힘이 들었는데.

'우리를 판단하겠다고? 당신네들이? 크게 만드는 것보다, 작게 만드는 게 백 배는 더 어렵다고!'

적어도 로봇의 제작에 있어서는, 한 걸음도 물러날 생각이 없었다.

NASA 정도면 몰라도, 고철 덩어리 같은 기계나 만드는 현재 중공업에게 밀려서야, 기껏 트레이닝 해준 성훈을 볼 낯이 없지 않겠어?

'적어도 성훈이, 널 부끄럽게 만들지는 않겠어!'

그는 자객 예양(豫讓)의 말로 각오를 다졌다.


士爲知己者死 女爲悅己者容

'사내는 자기를 알아주는 사람을 위해 목숨을 바치며, 여인은 자기를 기쁘게 하는 이를 위하여 용모를 가꾼다.'


회장도 흥미가 돋는 듯, 고개를 끄덕였다.

"해 봐!"

중공업이 질 거라는 생각은 해보지도 않았다.

'거기 퍼부은 돈이 얼마고, 쌓인 노하우가 얼만데 이런 애송이들에게 지겠어?'

오히려 기대 가득한 눈으로 지켜보았다.

녀석의 냉정한 판단이 정말 냉정했던 것인지, 아니면 그저 상황의 풀림에 따른 기고만장인지를 확인할 수 있을 것이다.

회장이라고 기계에 대해서 뭘 알겠나?

'우리 연구실장을 상대로 선전만 해도, 너는 바로 스카우트해 간다!'

몇 년을 키워도 써먹기 어려운데, 이미 준비가 되어 있다면, 돈이 아까울 이유가 없었다.

그리고 기대하는 또 하나!

'부하 놈을 보면, 저 녀석의 역량도 보이겠지.'

호부 밑에 견자를 본 적 있는가?

훌륭한 장수 아래 겁쟁이 병사가 있겠나?

지금까지는 속을 알 수 없는 놈이었다.

'능구렁이같이 피해 간다는 말이야. 양파 같은 놈!'


성훈이 승범에게 눈썹을 으쓱하며, 신호를 줬다.

'해 봐! 당당해도 돼! 네 실력을 보여 주라고!'

실력이 뒷받침된다면, 누가 뭐라고 할 텐가?

맞는 말을 하는데!

승범이 말했다.

"정민아, 갑돌이 여분 있지! 한 기만 가져와 봐!"

그에 대응하듯, 중공업 사장도 말했다.

"나가서 연구소 김 소장 들어오시라고 해!"

회장이 물었다.

"얼마 전에 NASA에서 극비로 스카우트했다는 그 사람인가?"

사장이 자신감 넘치는 표정으로 고개를 숙였다.

"그렇습니다. 회장님! 저도 그 사람을 여기서 써먹게 될 줄은 몰랐습니다."

"쯧쯧. 흥분하기는."

회장의 핀잔에, 스스로도 민망함을 느꼈다.

'하긴 너무 과한 걸 수도 있지. 소 잡는 칼로 쥐새끼를 잡는 건데. 그래도 녀석들에게 수준 차이를 느끼게 할 수는 있겠지! 세계는 무슨 세계. 진짜로 세계가 어떤 건지 느껴봐라.'

결과는 당연한 것이고, 덤으로 성훈 때문에 불쾌했던 기분을 만회할 수 있으리라.

잠시 후, 승범과 김 소장이 논쟁에 들어갔다.

어느새 정민이 승범에게 가세해 있었다.

갑돌이의 렌즈를 이야기할 때, 성훈의 눈짓을 받고 잽싸게 논쟁에 끼어들었던 것이다.

"전자공학과의 김정민입니다."

정민의 인사에 승범이 소개를 덧붙였다.

"이 친구가 갑돌이의 눈에 대해서는 총괄했습니다."

그는 뒤통수를 긁으며, 머쓱하게 웃었다.

"사실 저도 눈 부분은 잘 몰라서요……."

그러나 눈 이외의 로봇 본체를 이야기할 때만큼은 눈을 매섭게 뜨고 덤벼들었다.

'울산에 있는 지방대라고 들었는데, 어디서 이런 괴물들이 튀어나왔지?'

KAIST를 졸업하고, NASA에서 근무하다가 마지막 근무지로 현재 중공업을 선택했다.

조국에 대한 빚을 갚는다는 마음도 있었다.

한국에 돌아와서 똑똑하다는 놈들은 다 만나 봤는데, 이녀석들은 한국에 머물러 있어야 할 수준이 아니었다.

하물며 지방대라면 말해 무엇하랴!

'내가 미국에 가 있는 사이에 새롭게 명문이 된 곳인가?'

그렇게 생각할 수밖에 없었다.

이론이 탄탄한 것은 물론이요, 문제를 해결하는 방식이 신선하지 않은가?

명문 공대가 아니면, 납득하기 어려운 수준이 아니던가?

'녀석들은 분명히 문제점이 있다는 것을 알고 있어.'

그럼에도 문제점에서 멈추는 것이 아니라, 정론을 깨부수고, 문제를 해결하기 위해 달려들었다는 추측을 쉽사리 할 수 있었다.

그의 감상은 이것이었다.

'무식하게 두드려 부쉈네.'

그 둘 앞에서 이론이나 원리, 정석이라는 말은 무의미했다.
NASA에서 처음 느꼈던 정체성 혼란의 느낌!
자신을 깨어 부셔야만 했던, 그때가 생각났다.

"킴! 이론이 뭐가 중요해? 과학이 되었든, 마법이 되었든, 결과만 만들어 내면 된다고! 아흑! 이럴 때는 마법이라도 쓸 수 있으면 좋겠어!"

이런 얼토당토않은 말을 뱉은 사람은, 그가 처음으로 NASA에서 사귀었던 친구였다.

그런 말도 안 되는 소리를 하던 션(Sean)이, 지금은 NASA의 연구소장이 되어 있었다.

"그래도 기본을 벗어나는 건 문제가 있지 않나?"
기본의 중요성을 강조하는 자신에게 션은 도리어 머리가 굳었다며 잔소리를 하지 않았던가!
"이 멍청한 친구야! NASA에서는 우주를 목표로 한다고! 지구에서 통하는 상식이 반드시 기본이라고 확신할 수 있어? 이론 따위 알게 뭐야! 난 결과를 만들고 싶다고! 뉴턴이 만유인력을 말하기 전에 지구 중력에 대해서 생각이 해 봤겠어? 폭넓게 생각하라고!"

그런 션을 둘이나 마주하고 있는 느낌이었다.

'난감하군.'

고작해야, 대학생 둘이었다.

승범과 정민이 김 소장을 궁지로 몰고 있었다.

그리고 분위기는 누군가를 이기기 위한 것이 아니라, 토론의 장으로 이어지고 있었다.

그리고 점점 기계 전공이 아닌 사람은 알아들을 수 없는 영역으로 들어가 있었다.

알 수 있는 것은, 승범과 정민이 김 소장과의 토론에서 거의 밀리지 않는다는 거였다.

사장의 눈가가 미세하니 파들거렸다.

'어떻게 이런 일이! 저런 애송이들이 연구실에서 가장 베테랑인 김 소장을!'

사장이 아는 한, 김 소장은 현재 중공업뿐만 아니라, 국내에서도 최고의 인재였다.

김 소장이 갑돌이의 렌즈를 보며 물었다.

"그게 어떻게 말이 되나? 완전히 기본 이론을 무시하는 것 아닌가?"

승범이 도리어 이해할 수 없다는 투로 물었다.

"여기 이렇게 했잖아요!"

정민도 그 말을 거들었다.

"소장님! 저희도 무작정 말씀드리는 것 아니에요. 직접 해보고 말씀드리는 거라니까요. 이렇게요."

조이스틱의 조작에, 렌즈가 이동을 반복했다.

위잉! 윙!

미세한 소음이 들리고, 모니터가 잠시 흐려졌다가 이내 맑아졌다.

단 0.1초!

그야말로 찰나의 순간이었다.

"끄응. 완전한 실시간이군."

"하지만 모터에 부담이 너무 많이 가서, 좀처럼 이렇게까지 사용하지는 않아요. 또 교체를 자주 해야 하는 단점도 있고요."

김 소장이 고개를 끄덕였다.

"그렇군. 그렇게까지 토크 값을 올렸으니, 당연한 거겠지. 하지만 중요한 건, '할 수 있다.'는 거지. 모터의 문제는 다른 방식으로 해결할 수 있겠지."

승범과 정민이 함박웃음을 지었다.

"그렇죠? 이해하시는군요. 저희도 이거 때문에 교수님들께 많이 혼났거든요."

소장이 소탈하게 웃었다.

"교수님들도 혼내실 만도 하지. 그렇게 막무가내로 공식을 분리 조립했는데."

경쟁자가 아닌 후학에게 말하듯, 웃으며 말을 이었다.

"허허. 그런데 어떻게 이런 생각을 했나? 보통은 하기 어려운 생각일 텐데. 기계를 다루는 사람이라면 더더욱 말일세."

승범이 성훈에게로 눈을 돌렸다.

"이건 우리 팀장 생각입니다. 저희는 저 친구의 말도 안 되는 요구를 관철한 것뿐이죠. 그가 없었다면 이런 결과는 만들어 내지 못했을 겁니다. 절대로!"

강하게 확신하는 승범의 말에, 소장이 신음성을 흘렸다.

"그랬던 건가? 시킨다고 만든 것도 대단하지만, 그런 무모한 생각을 했다는 게 더 놀랍다고 생각했더니. 코치가 있었던 건가?"

승범이 너스레를 떨었다.

"악마 같은 놈입니다. 작업하다가 죽을 수도 있겠다는 생각이 들었던 적은 처음이었습니다."

"에이. 선배! 악마는 약과죠. 대마왕 정도면 몰라도."

"악마 같은 코치라……. 훗! 말은 그리 해도 저 친구를 신처럼 떠받드는 것 같은데?"

농담 섞인 그의 말에 승범이 어깨를 으쓱했다.

"신이나 악마나! 둘 다 제 수준으로 이해하기 어려운 건 마찬가지입니다."

김 소장이 성훈에게 물었다.

"어이, 자네!"

"네. 말씀하십시오. 소장님."

"원래 이렇게 무모……. 아니, 모험을 즐기는 타입인가?"

"가끔 때에 따라서는요."

"그래? 건축 전공이라 들었네만."

"네. 맞습니다."

"그런데도 이런 위험한 시도를 한 건가?"

"건축에서는 이런 실험을 하기가 어려우니까요. 생명과 직결되는데 함부로 시도할 수 없죠. 그러니 이런 기회를 활용하는 수밖에요."

그는 안심한 듯, 고개를 끄덕였다.

"흠. 이미 알고 있었군. 몰랐다면 혼쭐을 내주려 했는데, 쓸모없게 되었어. 허허허. 그래도 아까 모형에 장난쳐놓은 것을 보니, 완전히 모험할 생각이 없는 건 아니던데?"

예리한 질문이었다.

성훈이 입맛을 다셨다.

"쩝. 하고 싶기는 하지만, 아직은 어렵죠. 기술력도 따라주지 못하고……. 그래도 조만간 시도는 해 볼 생각입니다."

"흠. 그래? 그때가 기대되는군. 건축에서의 혁신이 이루어질 테니!"

"그렇게 거창한 건 아닙니다. 하고 나면 '아!' 할 테니까요."

"콜롬부스의 달걀이란 말이군."

성훈이 고개를 끄덕였다.

"그런 셈이죠."

그 말을 끝으로 그는 성훈에게서 눈을 돌렸다.

"사장님. 오랜만에 제대로 된 열혈 공학도들을 본 것 같군요."

그가 승범들을 보며 말을 이었다.

"생각에 한계가 보이질 않아요. 그리고 창의력과 열정은 정말…… 혀를 내두를 정도입니다."

"더 칭찬해 주고 싶은 것은……."

중공업 사장의 눈이 일그러졌다.

'김 소장! 당신에게 칭찬이나 하라고 부른 게 아니란 말이오!'

그의 속도 모르고, 김 소장은 말을 이었다.

소탈하되, 눈치는 없는 사람 같았다.

"이론만큼이나 실전도 탄탄합니다."

"김 소장, 나도 자세한 건 모르네만, 공학 이론은 제멋대로 응용했다는 말이 들리던데, 그럼 기본이 약하다는……."

김 소장이 말이 끝나기도 전에 손을 내저었다.

"하하하! 그건 아무것도 모르는 초보가 하는 말입니다. 이론을 깨부수고 실전에 맞춰서 재조립한다는 건, 기본이 탄탄하지 않으면 상상도 할 수 없는 일이지요. 그렇기에 대단한 실력이라 인정하는 거지요. 누가 보면 한 십 년은 현장에서 구른 베테랑 같습니다."

아무렇지도 않게 월급 주는 사장을 초보로 만들어 놓고도, 그는 적을 칭찬하고 있었다.

승범의 입술이 기분 좋게 씰룩거렸다.

'저 괴물 같은 놈하고 한 달만 지내보십시오.'

시간과 작업량, 그리고 목표 지점을 향한 열정의 밀도의 차이가 아닐까?

성훈의 미래 지식도 한몫을 했겠지만 말이다.

김 소장이 양손을 들었다.

"졌습니다. 졌어요. 내 조국의 기술이 이렇게 발전한 줄 알았으면, 진작 들어올 걸 그랬습니다. 허허허!"

중공업 사장이 허탈하게 웃었다.

"하. 하. 하."

"뭐. 완전히 박살이 난 입장에서 이런 말씀드리기가 송구스럽습니다만."

'더 할 말이 남아 있다는 말인가?'

사장의 얼굴이 붉게 상기되었다.

"괜찮소. 말씀하시오."

"이런 인재는 미국에서도……. NASA나 가야 적수를 찾지 않을까 싶습니다. 사장님."

"그래서요? NASA에라도 보내라는 말이오?"

그의 이어지는 말에, 가까스로 평온을 유지하던 사장은 안색이 시커멓게 썩어 문드러질 수밖에 없었다.

"역시 사장님과 저는 통하는군요. 캬! 말 나온 김에 진행하는 게 어떨까요?"

김 소장, 그는 연구에는 도사인지 몰라도, 사회생활에는 영 젬병이었다.

그런 그가 환하게 웃으며 말을 이었다.

"사장님과는 소울이 통하는 것 같습니다. 연구소 생활이 마구마구 즐거워질 것 같은 생각이 드는군요. 마침 거기 소장과 제가 막역한 사이이니……."

"허. 김 소장. 그게 무슨……."

얼이 빠진 사장은 차마 뒷말을 잊지 못했다.

"중공업 사장이 한 방 먹었군. 그래. 크하하하!"

회장이 호탕하게 웃음을 터뜨렸다.

'어디서 되도 않는 승부를!'

겉으로는 웃음을 터뜨리고 있지만 회장은 매서운 눈으로 사장을 책망하고 있었다.

항상 승부는 자신의 손으로 맺어왔었다.

붙지 않았으면 모르되, 이미 시작한 이상은 반드시 승리를 거둬야 하는 것이다.

그것이 승자의 미덕인 법!

아량은 승자만이 베풀 수 있는 거니까.

사장이 민망함에 고개를 숙였다.

그가 기어들어 가는 목소리로 사죄를 했다.

"죄송합니다, 회장님."

회장의 눈매가 꿈틀거렸다.

"되었네. 이 건에 대해서는 이따가 얘기하기로 하지. 지금은 때가 아니야."

회장이 정면을 바라보며 말을 이었다.

"자네, 안색이 좋지 않아 보이는군. 나가서 바람이나 쐬고 있게나."

권고의 형식이었으나, 꼴 보기 싫으니 앞에서 사라지라는 축객령이었다.

몇 년을 모셔왔는데, 어찌 그 뜻을 모르겠는가?

"네, 알겠습니다."

사장이 고개를 숙여 인사하고, 뒷걸음질로 물러나 대기실을 나갔다.

남은 사장들의 눈에 희미한 미소가 고였다.

성훈을 바라보던 회장이 입술을 말아 올렸다.

뭔가 마음에 들지 않는 눈치.

'이 내가 지금 조바심을 내는 건가?'

조금 전에도 그랬다.

사장들은 회장을 앞에 두고 절대로 경거망동하지 않았다.

아니, 그의 지시가 없으면 움직이지도 않았다.

'큰일을 하려면 행동이 가벼워서는 안 된다.'

그가 항상 원칙으로 내세우던 말이었다.

그 원칙으로 볼 때, 회장은 흥분한 중공업 사장을 말리고 혼을 냈어야 했다.

그러나 그는 그러지 않았다.

성훈을 흔들어 보기 위해 그의 행동을 묵인했던 것이다.

'하나 이거 웬걸!'

도리어 보기 좋게 반격을 당하고 말았다.

일개 학생일 뿐이라고 생각을 해 만나기 전 녀석의 기를 너무 죽이지 않도록 조심하라고 경고했을 정도로 얕잡아 보고 있었다.

그는 승부가 끝난 후에 어떤 멋있는 모습을 보일까를 준비하고 있었다.

'적당한 때에 승부를 매듭짓고, 경영자로서의 아량을 보였어야 했는데…….'

그러나 작전은 이미 틀어진 후였다.

어깨를 축 늘어뜨리고 대기실을 벗어나는 둘째를 보며 혀를 찼다.

"쯧쯧."

둘째의 뚝심 하나는 인정했기에, 중공업을 맡겼던 것이다.

그리고 경영을 하면서 더 성장하기를 바라지 않았던가?

그러나 다섯째, 건설 사장의 이야기를 들어보니, 좋게 보던 이미지 또한 반감되었다.

'성훈이 녀석과의 인연이 둘째의 기숙사에서 비롯되었다고 했던가?'

기숙사를 잘 지었다고 소문이 나서, 구경하러 갔다가 만났다고 들었다.

어떤 녀석은 인재 하나를 구하려고 사방팔방으로 뛰어다니는데, 어떤 놈은 제 품에 굴러 들어온 호박을 밖으로 내친 꼴이 아닌가?

'다섯째가 확인을 하러 갈 정도면 뭔가 있다는 것을 누구보다 먼저 눈치챘어야지. 쯧쯧.'

일이 중요한 것이 아니라 인재가 먼저였다.

건설을 잘하는 놈은 조선에 데려다 놔도 잘한다.

실무가 아닌, 관리의 영역에서 보면 절대로 그것이 옳았다.

일은 사람이 하는 것이고, 사람을 잘 다루는 것이 관리자의 요건이었다.

회장 자신이 만능이던가?

자동차도, 건설도, 조선도, 반도체도.

그는 전문가가 아니었다.

사람을 다루는 데 전문가였을 뿐!

'아둔한 놈!'

오늘의 일로 인해, 중공업 사장의 평가가 하향 조정되었다.

다혈질이기는 하지만 뚝심은 있는 녀석에서, 그냥 아둔한 녀석으로 말이다.

'맡겨진 일은 끈기 있게 하지만, 그룹을 통솔하기에는 턱없이 모자라군!'

아직은 아무도 모르지만, 현재그룹의 후계 구도에 중요한 변경 사항이 생겼다.

물론 사장들은 대충 눈치를 채고 있었지만…….

회장이 물었다.

"우리 사장들 생각은 어떤가?"

"실력이 있는 건 같기는 한데, 제 분야가 아니라 뭐라 확신할 수는 없습니다."

제각각의 의견을 내놓았다.

한국에서 머물 인재가 아니라는 김 소장의 설명에도 불구하고, 세계라는 벽은 높아만 보였고, 자신들도 넘지 못한 벽을 일개 학생이 깨뜨렸다고 납득할 수 없었다.

건설 사장만이 조용히 침묵을 지키고 있을 뿐이었다.

'그건 형님들이 저 녀석을 몰라서 하는 말입니다.'

괜히 압둘과 알리 왕자가 성훈의 곁에서 맴도는 것이 아니었지만, 그는 굳이 그걸 설명해 줄 필요를 느끼지 못했다.

'굳이 다른 계열사까지 세계화로 나갈 필요는 없잖아!'

아직은 다른 사람들이 성훈의 진가를 모르는 것이 중요했다. 성훈이 날개를 펴는 것은 자신의 품에 들어온 뒤여야 했다.

그런 건설 사장의 꿍꿍이를 눈치챈 회장이 속으로 한숨을 쉬었다.

'쯧쯧. 그러니까 아직도 우리 그룹이 세계로 발전하지 못하는 것이지.'

하지만 정보도 힘이다.

그걸 바탕으로 경영 계승의 순위가 매겨지는데, 자신의 정보를 오픈하는 것도 바보가 하는 짓이리라.

　　　　　　　　　🐚

'승부가 났군.'

성훈은 흐뭇한 미소를 지으며 회장을 바라보았다.

'어때요? 우리 팀원들의 실력이?'

승부를 건 사람은 중공업 사장이었지만, 그것을 승인한 자는 회장이었다.

그 승부를 통해 우리 실력이 세계에 충분히 통할 수 있다는 것을 증명한 것이었다.

회장이 담담히 고개를 끄덕였다.

"좋군. 자신감도 있고, 그걸 받쳐 줄 실력 또한 충분해."

승부를 결정지은 승범과 정민은 물론이고, 다른 학우들의 눈에도 자부심이 복받쳐 올랐다.

말없이 서로를 바라보며 입술을 말아 올렸다.

입을 열면 환호의 함성이 터져 나올 것 같아서였다.

'설마 이렇게 될 줄은 몰랐어.'

'저 소장은 NASA에서 온 사람이라잖아. 그런 사람에게 인정을 받은 거라고.'

지금까지 성훈의 말을 들으면서도 반신반의했었다.

그럴 수밖에 없질 않은가?

한국의 귀퉁이에 있는 조그마한 대학의 학생이 세계와 경쟁이 가능하다니, 누가 그걸 믿겠느냐는 말이다.

그들은 주먹을 꽉 움켜쥐었다.

스스로에게 말했다.

'우리 실력이 통한다고.'

한 달 동안 치고받으며 토론한 것들이, 실전에 적용했던 긴가민가했던 것들이, 그 시간들이 결코 헛되지 않다는 것을 회장의 인정으로 확인받은 것이다.

'다른 사람도 아닌, 현재그룹의 회장이라고.'

스스로를 자랑스러워해도 될 것이다.

이제 마침표를 찍어야 할 시간.

성훈이 말했다.

"아직 좀 다듬어야 할 부분이 있습니다. 그럼에도 이 정도면 꽤 쓸 만하지 않겠습니까?"

"쓸 만하다 뿐인가? 지금 당장에라도 현장에 투입할 수 있을 정도로군. 이러니 스티브 감독이 인정을 했겠지."

"감사합니다."

성훈이 모두를 대표해 고개를 숙였다.

정작 하고 싶었던 말은 이거였다.

스티브에게 인정을 받았기 때문에 이렇게 관심을 받는 것이 아니다. 반대로 이 정도의 품질을 갖추었기에 그의 인정을 받았다고.

'뭐 어때, 선후는 바뀌었지만, 인정한다는 것에는 변함이 없잖아.'

하지만 회장은 이곳에 팀원들의 실력을 확인하기 위해서 온 것이 아니었다.

'그건 여흥일 뿐이지.'

왜 별 기대도 없던 박람회가 외신에서도 다루고, 한국에서도 연이어 신문의 첫 페이지를 차지할 정도로 유명세를 탄 것인지.

기대하지 않았던 것이 좋은 결과를 낸 것에는 그에 걸맞은 이유가 있을 것이다.

'그 이유가 궁금했다고.'

그런데 웬걸, 기대도 하지 않던 인재가 여기에 있었다.

처음에는 잠깐만 둘러보고 갈 생각이었다.

하지만 어느새, 성훈의 가이드를 따르고 있는 자신이 보였다.

그저 정신없이 자신의 작품을 보게 만드는 힘!

시작은 무용이었다.

'화려하고 멋있었지.'

하지만 그게 메인이 아니었다.

'자연스럽게 사람들의 시선을 휘어잡고는, 그것을 놓을 새도 없이 바로 건축물로 이동해 버렸지.'

다른 곳으로 눈 돌릴 정신적 여유가 없었다.

정신이 들었을 때는 이미 성훈의 가이드를 듣고 있었으니까.

그렇게 될 수밖에 없도록 강제해 버렸다는 것이다.

그 이후, 그가 박람회를 지켜보며 주목했던 것은 건축 모형의 완벽할 정도의 완성도도, 갑돌이 로봇의 뛰어남도 아니었다.

이 박람회에서 그들만이 주목을 받을 수 있도록, 아니, 주목받지 않을 수 없도록 판을 짜놓은 치밀함이었다.

그 치밀함으로 만들어낸 관객들을 향한 지배력.

가히 압도적이라 할 만했다.

휘하의 사장들, 모두 가이드가 끝나고 나서야 제정신을 차렸으니까.

그것이 회장의 발걸음을 이곳으로 인도했던 것이다.

회장이 고개를 절레절레 흔들었다.

'이런 건 시킨다고 할 수 있는 게 아니지.'

기계 장비를 잘 다루는 사람은 구할 수 있다.

시간과 비용의 문제일 뿐, 구하려 들면 언제든지 가능했다.

누구나 한 분야에서 몇십 년을 보내면 전문가가 되는 법이니까.

그런데 돈과 시간을 투자하고도 구하기 어려운 인재가 있다.

'바로 이런 놈이지.'

시키지도 않은 짓을 척척 해내는 놈!

가만히 놔둬도 대형 사고를 치는 놈!

일에 대한 근본적인 사고방식이 다른 놈!

회장은 녀석에 대해 관심을 가졌다.

'젊어서 재능이 있으니, 한없이 건방지리라.'

그의 예상은 빗나갔다.

성훈 자신은 나서지 않으면서, 그 공을 동료들에게 돌렸다.

'그러면서도 동료들의 존경을 한 몸에 받고 있다는 말이지.'

'말도 안 되는 지시를 내리는 악마 같은 녀석!' 이라 투덜거리지만, 그 기저에 깔린 성훈의 대한 무한 신뢰를 어찌 모를 수가 있으랴!

'거기다 사람만 잘 다루는 게 아니더라고.'

건축과 학생이면 응당 건축을 잘해야 한다.

하지만 녀석은 서른이 안 된 어린 나이에, 건설 사장이 혀를 내두를 정도로 큰 성과를 냈었다.

굵직한 설계를 몇 개나 했다니, 저만하면 발군의 인재이지 않은가?

건설 사장은 몇 번이고, 현재건설에 어울리는 인재라는 말을 강조했었다.

'그런데 아깝다고.'

저 뛰어난 능력을 고작 건축이라는 한 종목에다가 쏟아붓다니 말이다.

이러니 팀원들이 얼마나 실력이 뛰어나다 한들, 그의 눈에 찰 리가 없었다.

회장이 물었다.

"시작할 때, 무용에서 모형으로 넘어가는 과정이 흥미롭더군."

"관객들의 눈길을 사로잡기 위한 한 방편이었습니다."

"나도 모르게 무용수를 따라서 자네의 모형 설명을 듣고 있더군. 대단한 몰입감이었네."

성훈이 흐뭇하게 웃으며 고개를 숙였다.

"감사합니다, 회장님."

"그래서 하는 말인데. 기획이나 경영 쪽에도 재능이 있는 것 같은데, 혹시 해볼 생각 없는가?"

"네?"

전혀 생각해 보지 않은 일이었다.

못한다고 생각했다기보다는 관심이 없었다.

건축 한 우물 파기도 어려운데, 다른 것이야 말할 필요가 있으랴?

"자네 역량에 비해서 건축이 너무 단순하지 않은가 하여 묻는 거라네."

한국 산업의 전반을 휘어잡고 있는 회장에게, 건축은 단순한 일이리라.

혹여 성훈에게 더 큰 야망이 있는지 떠보는 것인지도 몰랐다.

"만약에 말일세. 입사를 했는데, 다른 일을 맡게 된다면 어쩔 것인가? 아무래도 회사의 이익을 창출하는 것이 우선 아니겠는가?"

하지만 성훈은 그럴 생각이 전혀 없었다.

"아뇨, 전 건축을 할 겁니다. 기획을 해도, 건축에 관련된 일이 아니면 관심이 없습니다."

"그래? 만약에 그룹의 경영에 참여하게 된다면, 영향력이 더 커질 텐데? 구미가 당기는 일 아닌가?"

성훈의 얼굴이 살짝 굳었다.

"다시 말씀드리지만, 관심 없습니다."

회장이 속으로 웃음을 지었다.

'사람 마음이란 간사하지. 지금은 그래도, 실제로 들어와서 보면 관심이 갈걸?'

사장단들의 눈가에도 비릿한 웃음이 고였다.

'끝났군, 저놈은.'

'저런 놈은 회사에 쓸모가 없지.'

'제가 하고 싶은 대로 하려면 회사를 왜 들어와? 기업이 제 놈 뒷바라지를 하는 곳이야?'

직원은 회사의 이익을 위해 움직여 줘야 한다. 적어도 그것이 그들의 논리였다.

'왕의 말대로 움직이지 않는 말은 필요가 없다.'

그것이 회장의 경영 방침이었다.

"회장님!"

"응?"

옆을 바라보니 건설 사장이 걱정스러운 얼굴을 하고 있었다.

"왜?"

건설 사장이 속삭이듯 말했다.

"이런 말씀은 안 드리고 싶었습니다만……."

"무슨 말을 하고 싶은 건가?"

"저 녀석에 대해서는 제가 잘 압니다."

그동안 주의 깊게 지켜봐 왔으니, 당연한 일이리라.

사장이 차분하게 말을 이었다.

"저렇게 조용히 있으니 얌전해 보여도, 강골도 저런 강골이 없습니다."

그는 미처 말하지 않았던 스타타워 저작관 사건과 현장에서 있었던 소장 퇴출 사건을 말했다.

회장의 얼굴이 더욱 밝아졌다.

"그렇다는 말이지? 내 맘에 쏙 드는 놈 아니냐?"

반대로 사장의 미간에는 주름이 팼다.

'그러니까 말씀을 안 드린 거지요.'

회장과의 경쟁에서 이기기란, 그야말로 하늘의 별 따기였으니까.

이대로 가다가 성훈과의 관계가 틀어지면, 회장이 탐내는 것은 둘째 치고, 현재건설로 들어올 가능성도 희박해질 것 같았다.

제 입으로 현재 말고도 건설사는 많고, 해외에도 갈 곳은 많다고 말하고 다니던 놈이었다.

제 하고 싶은 대로 하고 살던 놈이, 제 맘대로 할 수 없는 회사에 들어오려고 할 것인가?

지금까지의 성훈의 행동으로 미뤄 짐작했을 때는 어림도 없는 소리였다.

회장은 건축보다 더 크고 화려해 보이는 것에 성훈이 메리트를 느낄 거라 판단하는 모양이지만, 그가 알고 있는 성훈은 전혀 다른 인간의 부류였다.

다른 사람이었다면 그게 통했을지도 모른다.

남들에게 건축은 성공을 위한 수단이었을지 몰라도, 그가 판단한 성훈은 건축 그 자체가 목적이었다.

'그렇지 않고서야 돈을 마다하고 저작권을 고집할 리가 없지 않겠어?'

성훈을 일반적인 부류와 똑같이 생각하며, 미끼를 던지는 회장에게 제동을 걸 필요가 있었다.

'아버지, 출발 자체가 잘못되었습니다. 녀석은 권력이나 돈 따위에 관심이 없습니다. 건축에 대한 흥미라면 몰라도 말이죠.'

미끼란, 사냥감의 흥미를 유발할 때 의미를 가진다.

코끼리를 잡는데 소고기를 미끼로 써서야……

A++등급을 갖다 놔도 쳐다보지도 않는다.

도리어 비린내에 다가오지도 않을 것이다.

"회장님, 지금 녀석은 경영이나 기획에 관심이 없습니다."

회장이 단호하게 고개를 저었다.

"그럴 리가 없지. 야망 없는 인간은 저렇게 성장할 수 없거든."

"분명한 건…… 지금은 관심이 없습니다."

"흠, 그건…….."

"굳이 가지 않으려는 길을 억지로 끌고 가서 흥미를 잃어버리게 할 이유가 있겠습니까?"

믿을 수 없다는 표정을 짓는 회장에게 말을 이었다.

"일단은 우리 편으로 끌어들이고, 그다음에 흥미를 가지게끔 유도하면 될 것입니다."

"그러니까 강요보다는 살살 구슬리라, 그거군."

"그렇습니다. 설령 뜻대로 움직이지 않는다고 하더라도, 다른 곳으로 가게 하면 안 됩니다."

"그렇지, 어차피 우리가 데려가지 못하면, 적이 되어 나타날 테니까."

어디로 가든 한자리할 놈인데, 적이 되어 나타난다면 그보다 머리 아플 일이 또 있겠는가?

사장이 말을 이었다.

"오늘만 날이 아니질 않습니까? 나중에 천천히 회유하심이 나을 것 같습니다."

사장의 간곡한 부탁에 회장도 마음을 고쳐먹었다.

'일단 들이고 볼 일이지'

돈을 땅바닥에 버리는 한이 있어도, 제대로 된 인재는 절대로 버리면 안 된다.

회장이 욕망을 억눌렀다.

"나는 저 녀석이 탐난다. 어떻게 했으면 좋겠나?"

"네? 그걸 왜 제게……."

"네가 저놈에 대해 제일 잘 안다면서?"

약 올린 건 회장이면서 사장에게 답을 내놓으라 하고 있었다.

"끙."

하나 지금으로써는 놈을 달래는 게 급선무였다.

녀석이 들어오면 맡기려고 벌써 프로젝트팀을 준비하고 있는 것이 있었다.

양 이사와 곽 이사를 필두로 말이다.

'급할수록 돌아가라고 했지.'

당장 성훈을 달래기 위해 무리수를 강행하는 것은 옳지 않았다.

"회장님, 저는 녀석에게 특채 4명을 약속했습니다."

"그건 나도 알고 있네. 나머지에게도 5%의 가산점을 약속했다면서. 그런데?"

"회장님, 장수를 제압하려면 말을 쏴야 하는 법입니다."

회장이 대번에 알아들었다.

"사람 수를 좀 늘리자는 말이렷다."

"네, 그렇습니다."

사장의 말에 회장이 다른 사장들을 돌아보았다.

"다른 사장들 생각은 어때?"

의견을 물어본다는 것은 다른 계열사로 인원을 분담한다는 의미도 포함되어 있었다.

아무리 회장이라고 해도, 각 계열사의 경영자들은 존중해 주어야 하는 법!

물론 그래 봐야 결정은 회장의 뜻대로 나겠지만 말이다.

정유 사장이 물었다.

"저희도 특채 고용을 분담하라는 말씀이십니까?"

"왜? 싫으냐?"

언짢은 듯한 회장의 말에 모두 말꼬리를 흐렸다.

"싫다는 말씀을 드리는 것이 아니오라 저희는 인원이 이미 다 찼습니다. 그리고 저렇게 대규모 인원을 받아들였다가는 기껏 정리해 놓은 내년 계획이……."

회장이 그의 말을 끊었다.

"됐고, 조선은?"

"그게…… 기계과와 전자과는 검증이 되었습니다만, 나머지는 아직 모르는 것 아닙니까?"

검증되지 않은 인물을 회사로 들여, 격을 깎아내리고 싶지
않다는 말이었다.

조선 사장이 말을 이었다.

"그리고 애초에 이 제안 자체가 건설 사장에게서 나온 것
아닙니까? 그걸 왜 저희가 떠안아야 하는 겁니까?"

건설에서 나온 일이니 스스로 책임지라는 그 말이, 건설
사장은 오히려 반가웠다.

말만 하지 않았을 뿐, 은근히 그리되기를 바라지 않았던가?

말이 장수를 따라가는 것이 이치에 부합하겠으나, 말의 수
가 압도적으로 많다면 반드시 장수를 따르라는 법이 있는
가? 장수가 따라올 수도 있지.

그리고 그는 성훈의 마음이 일편단심 건축이라는 것을 잘
알고 있었다.

성훈을 차지할 가능성은 자신이 가장 컸다.

이 위기만 잘 모면하면 되는 것이다.

'다른 그룹에 빼앗기지만 않으면 돼!'

성훈과 좋은 관계를 만들 수 있는 절호의 기회를 놓치고
싶지 않았다.

그는 조용히 상황을 지켜보고만 있었다.

"건설은 어떻게 생각해?"

그가 고민하는 척하며 말했다.

"셋째 형님 말씀대로, 제가 꺼낸 말이었으니, 제가 해결하도록 해보겠습니다."

회장이 염려하듯 물었다.

"되겠어? 50명인데?"

50명이 대수일까?

하지만 그는 마음에도 없는 말을 꺼냈다.

최소한 망설이는 척은 해야 했다.

"좀 부담되기는 합니다만……."

"그러면 다른 계열사와 분담해도 돼, 허락한다."

그 말에 다급히 양손을 내저었다.

"아닙니다, 어찌 그런 민폐를…… 괜찮습니다."

'말이 50마리나 되어서 부담이 되기는 하지만, 이 정도에 흔들릴 현재건설이 아니지.'

데리고 가려면 모두 한꺼번에 데려가는 것이 나았다.

적어도 그러면 성훈의 눈길이 한 번은 더 갈 것 아닌가?

저들의 동료 의식도 보통이 아닌 것 같으니, 자신의 생각이 확신으로 굳어졌다.

'녀석! 네가 맘껏 뛰어놀 수 있는 목장을 만들어주지.'

아니, 오히려 녀석들을 영입함으로써 성훈을 영입할 가능성을 높일 수만 있다면, 그의 입장에서는 손해 보는 장사가 아니었다.

회장이 말했다.

"그럼 결정 났군."

성훈들을 돌아보며 말했다.

"여기 있는 팀원들 전원, 우리 현재로 영입하고 싶은데? 성훈, 자네 생각은 어떤가?"

승범을 비롯한 팀원들의 눈이 커다래졌다.

"전원이래, 전원!"

"가산점이 아니라, 전원 특채?"

현재의 제안을 거부할 이유는 없었다.

이처럼 파격적인 제안이 또 있을까?

성훈이 말했다.

"감사합니다, 상의를 해보고 결정하겠습니다."

'상의?'

회장을 비롯한 사장단의 얼굴이 뚱해졌다.

'그런데도 아무도 녀석에게 이의를 제기하지 않는다고?'

회장이 승범에게 물었다.

"자네들, 현재의 가산점 때문에 이 박람회를 시작한 것이 아니었나?"

"맞습니다."

"특채를 원하고 있다고 들었네."

"그것도 맞습니다."

"그런데 상의하자는 말에 왜 아무도 말도 하지 않는 건가?"

"이 결정이 우리의 평생을 좌우할 겁니다."

그만큼 의미가 있는 제안이었다.

"저는 그 결정을 성훈과 깊이 있게 상의해 보고 싶습니다."

성훈을 바라보는 승범의 눈빛은 신뢰감으로 가득 차 있었다.

성훈이 어떤 결정을 해도 따르겠다는 그런 표정으로.

'허허, 이거 참.'

성훈이 물었다.

"회장님, 전원이 아니라도 상관없겠죠? 개개인의 사정이 있을 수도 있지 않겠습니까?"

흥분에 동요되지 않은 차분한 물음이었다.

상의를 하는 것도 모자라서, 거부할 수도 있다고?

'이거, 우리가 녀석들을 뽑는 건지, 우리가 녀석들에게 선택되는 것인지 헷갈릴 지경이군.'

하지만 자존심 상한다고 뱉은 말을 철회할 수는 없는 법.

"깊이 잘 생각해 보게. 그런데 성훈 군, 자네는 어떤가?"

"뭐가 어떻다는 말씀이신지?"

"자네는 어떤 결정을 할 것인가를 묻는 것이네."

성훈이 담담하게 말했다.

"현재에 대해서는 긍정적으로 생각하고 있습니다."

"허! 알겠네. 좋은 소식을 기다리고 있겠네. 그리고 박람회는 수고가 많았네. 그럼 이만."

그 말을 끝으로 회장이 돌아갔다.

회장의 차가 나가는 곳, 사장단이 줄줄이 도열해 있었다.

그가 사라지고 나면, 자신들의 사옥으로 돌아가 바쁜 업무를 처리해야 하리라.

회장의 차가 그들의 앞에 멈춰 섰다.

왕 비서가 조수석에서 내려 그들에게 말했다.

"회장님께서 하실 말씀이 있으시답니다. 잠시 모여 주시겠습니까?"

현재그룹의 사장단이 회장의 차 앞에 섰다.

리무진의 뒤창이 스르르 아래로 내려갔다.

회장이 그들을 올려다보았다.

"아까 말을 하려다가 보는 눈들이 많아서 못 했던 말이 있다."

사장들의 눈에 긴장감이 서렸다.

혹시 꾸중을 하려는 것일까?

회장이 입을 열었다.

"다섯째야."

부름에 건설회장이 앞으로 나아갔다.

"네, 회장님!"

"아까 그놈. 사위로 삼고 싶다."

예상치 못한 말에 건설 사장이 뜨악했다.

"갑자기 그런 말씀을……."

"데리고만 와! 내 지분의 10%를 주지."

파격적인 제안에 그의 목소리가 더 커졌다.

"옉!"

이것이 언제나 냉철한 판단만을 내리는 회장의 입에서 나온 말이란 말인가?

"회장님, 그 친구에게 무슨 그런 가치가 있다고, 그리고 왜 다섯째에게만 그런 특권을 주십니까?"

건설 사장에게 주어진 특권을 이해할 수 없다고 반박하자, 회장이 피식 웃었다.

'녀석의 가치도 제대로 모르는 것들이.'

하지만 기회는 동등해야 하지. 적어도 표면적으로는…….

"너희들도 시도하거라. 어떤 놈이든 좋다. 녀석을 데리고 오면 10%."

그 말은 그룹 경영의 권한을 더 주겠다는 말과 같았으며, 차후에 이루어질 후계 구도에 지대한 영향을 미치는 파격 발언이었다.

"하지만 저는 딸이 없잖습니까? 아버지."

딸 없는 중공업 사장이 하소연했다.

"양자로 삼든, 양녀로 들여서 사위를 삼든, 그건 아무 상관하지 않겠다. 내 앞에만 데리고 와!"

그 말의 의미를 이해하지 못하는 사장이 있을까?

성훈이라는 생판 모르는 사람을 후계 경쟁에 끼우겠다는 말과 같았다.

혹은 그만큼의 비중을 주겠다거나.

10%가 아닌 5%만 가져도 우위를 차지할 수 있는데, 10% 라니!

이건 그냥 물려주겠다는 의지와도 같았다.

중공업 사장이 툴툴거리며 말했다.

"회장님, 그 친구가 뛰어난 건 인정하겠는데, 그렇다고 우리와 경쟁할 정도는 아니라고 봅니다."

"허 참! 이놈들 말하는 거 보게나."

회장은 기가 찬다는 듯, 혀를 찼다.

그리고 으르렁거렸다.

"네놈 중 누구 한 놈이라도, 저 나이에 그 녀석보다 나은 놈이 있었냐?"

"아버지, 그건……."

"그만큼 교육을 시키고, 경제적 지원을 해줬음에도 불구하고, 천둥벌거숭이 같은 그 녀석보다 더 나은 결과를 낸 놈이 있었느냐는 말이다!"

마지막 말은 호통에 가까웠다.

기량이 다른데, 경쟁 자체가 될 리가 있으랴!

지금도 위태로운데, 시간이 흐르면 녀석은 완전히 괴물이 되리라.

"아까 녀석들을 다 뽑은 것도 불만이 많겠지. 내가 왜 저 녀석들을 다 현재로 뽑으라고 한 줄 알아?"

"그야 실력이 있으니까."

"실력은 당연한 거지. 그런데 내가 묻는 말에 녀석들이 뭐라고 답했는지 기억나나? 모두 성훈이가 시켜서 했다고! 모형도 성훈이가 시켜서, 갑돌이도 성훈이가 시켜서. 모든 일의 시작이고, 모든 일의 끝이 되는 놈이라는 말이다."

회장이 탄식하듯 말을 이었다.

"우리 회사에 저런 놈 있어? 성훈이 그 녀석 하나만 있어도, 웬만한 기업보다는 나을 거다."

흥분한 회장의 어조가 빨라졌다.

"그럼 저런 놈이 졸업하면 뭐하겠어?"

대답이 필요할까?

"사업하겠지. 그럼 일 등을 목표로 하겠지! 네깟 놈들이 털리는 건 순식간이야! 알아? 우리는 지 쫄다구들을 모셔간다고 했는데, 그 쫄다구들은 저놈이 부르면 당장에라도 달려갈 기세라고."

가장 다루기 어려운 자들이 돈에 움직이지 않는 자들이다.

회장이 신음하며 말을 이었다.

"저놈들 다 데리고 와도, 성훈이 저놈을 못 데리고 오면, 우리는 계속 폭탄을 안고 있어야 하는 거야!"

"그건 너무 과장된 우려인 것 같······."

"쓸데없는 소리 하지 말고, 무조건 내 앞으로 데리고 와! 우리 사람이 안 되면, 몇 년 내로 우리 최대의 맞수가 될 놈이다. 저놈이 구멍가게라도 내면, 네놈들이 잠이나 제대로 잘 것 같아?"

회장이 말하는 구멍가게는 그 스케일도 남다를 것이다.

차장을 닫기 전, 회장이 일갈했다.

"정신 똑바로 차려!"

훗날 곽 이사는 이날의 일을 회고하며 이렇게 말했다나?

"거 봐! 왕 회장님께서 정말 당신과 아무런 상관이 없었다면, 성훈 님을 그렇게 끌어들이려 했겠어? 노망이라도 드시지 않은 이상, 불가능한 일이거든."

to be continued

# 레벨업 어게인

LEVEL UP
AGAIN

**잘은 모르겠지만 과거로 돌아왔다.**

최단 기간, 최고 속도 레벨 업, 노블레스 등급 클리어.
생각지 못했던 행운들에 시스템상 주어지는 위대한 이름,
앰플러스 네임까지.

모든 게 좋았다.
사랑했던 여자도 이젠 지킬 수 있을 것 같았다.

[앰플러스 네임 '빛의 성웅'이 성립됩니다.]

그런데 뭐냐. 이 요상한 이름은……?
나 그런거 아닌데. 아 진짜. 아니라니까요.

Wis
Book

포테
POTENTIAL

어떤 사물에는 그것을 오랜 기간 사용한
사람의 잠재된 능력이 고스란히 담긴다.
그리고 난 그것을 사용할 수 있다.

천재 디자이너, 죽은 이도 살리는 명의,
감성을 울리는 피아니스트, 바람기 가득한 첩보원.
그 누구라도 될 수 있다. 단, 애장품만 있다면!

달인의 눈으로 세상을 바라보는,
유쾌한 민호의 더 유쾌한 애장품 여행기!

# KILL THE DRAGON

# 킬 더 드래곤

백수귀족 현대 판타지 장편 소설

## 인간 VS 드래곤

지구를 침략한 드래곤!
3년에 걸친 싸움은 인간의 승리로 돌아갔지만
15년 후,
드래곤의 재침공이 시작되었다!

드래곤을 죽일 수 있는 건 오직 사이커뿐!

인류의 존망을 건 최후의 전쟁.
그 서막이 오른다!

우지호 장편소설

# 빅 라이프

돈도 없고 인기도 없는 무명작가 하재건,
필사적으로 글을 써도
절망뿐인 인생에 빛은 보이지 않는데…….

어느 날,
그가 베푼 작은 선의가
누구도 믿지 못할 기적이 되어 찾아왔다!

'글을 쓰겠다고 처음 결심했던 때를
잊지 말게.'

무명작가의 인생 대반전!
지금 시작됩니다.

# 내 안에
# 몬스터 있다

형상준 현대 판타지 장편소설

태양의 흑점 폭발과 함께 새로운 시대가 찾아왔다!

마나와 능력자, 그리고 몬스터가 존재하는 현대.
그리고 그곳을 살아가는 마나석 가공 판매업자 김호철.
평소처럼 마나석을 탄 꿀물을 마시던 그는
번개에 맞고 신비로운 힘을 각성하게 되는데…….

'내 안에서 몬스터가…… 나왔다?'

그것도 김호철이 먹은 마나석의 개수만큼 많이.